マザコン刑事の逮捕状

赤川次郎

徳間書店

目次

命がけのライバル

1

「本当にいやな子なんですから」

「そう。——何しろ育ちが育ちでございますものね」

「十八歳にもなって、あんな女学生みたいな格好をして——」

「ほんと、見っともない！」

「ちょっと可愛《かわい》い顔をしてるからってつけ上って」

「どうでしょ、あの態度！」

「少々成績が良かったくらいで、あんなに威張られたんじゃ、かないませんわ。ねえ、奥様？」

「本当でございますわ」

——話をしている二人。

見るからに、「可愛くない」、「頭の良くなさそうな」中年婦人たちである。

すなわち、この二人が散々けなしている相手は、まあかなり「ましな娘」であると考えていいだろう。

その娘は、ホテルのロビーへ入って来ると、あまりの広さに、戸惑ったようにキョロキョロしていた。

「まるで田舎者なんだから！」

と、その娘の叔母にあたる婦人が言った。

「いやね、こんな所で、一緒にいるのを、誰《だれ》かに見られたりしたら……」

と、もう一人の婦人——これは、ただ単に、この叔母の友だちである。

類は友を呼ぶ、の言葉通り、二人とも、よく似て、可愛げがない。

二人は、ロビーのソファに座っていた。

その娘が、心細げに、ロビーを歩き回っているのを眺めている。——呼んでやればいいものを、そこまで親切にする気もないようだ。

いくらロビーが広いったって、国立競技場のグラウンドほどはない。その内、娘の方が、やっと二人を見付けて、やって来た。

「叔母さん！　遅くなってすみません」

と、息を弾《はず》ませている。「もう――あんまり広いから、どこがどうなのか、分からなくて……」

「あら、涼子《りょうこ》ちゃんじゃないの」

と、叔母は、初めて気が付いたような顔で、「珍しいわね」

「ごぶさたしてます」

と、涼子と呼ばれた娘は、深々と頭を下げた。

「あなた、ここに何の用で？」

と言われて、涼子は、え、と戸惑った様子で、

「あの――叔母さんが、お電話下さったので――昨日ですけど」

と、心もとなげに言った。

「そうだったかしら？――あなた、何か聞いてる？」

「そうねえ」

と、友だちの方もとぼけて、「でも、そう言えば、あなた、何か言ってなかった？」

「そう？　いやね、もの忘れがひどくなって。――トシだわ」

涼子は、おずおずと、

「あの――ご用でなかったのなら、私、お邪魔でしょうから、帰ります」

と言った。

「そうね。――ああ、そうそう！」

と、叔母はわざとらしく、膝《ひざ》をポンと叩《たた》いて、「思い出したわ！　涼子ちゃん」

「はい」

「今日、あなた、お見合いするのよ」

「え？」

涼子は唖然《あぜん》とした。

大谷《おおたに》努《つとむ》は唖然とした。

「え？」

香月《かづき》弓江《ゆみえ》は唖然とした。

一人、唖然としていないのは、大谷の母だけだった。

そりゃそうだ。大谷の母の言葉で、あとの二人が唖然としたのだから。

「ママ。――今、何と言ったの？」

と、大谷努は訊《き》いた。

言葉づかいから少年を連想されると困るのだが、大谷努は、三十代半《なか》ば、れっきとした警視庁捜査一課の第一線の警部である。

ただ、母一人、子一人で育ったせいで、強度のマザコン。

そんな大谷を慕っているのが、部下の、若くて愛くるしい（しかし、れっきとした女刑事の）香月弓江である。

「お見合いするの、と言ったのよ」

と、大谷の母は言った。「でもなきゃ、どうしてこんなホテルなんかに来ると思ってるの？」

「いや――しかし、食事するだけとか、色々あるじゃないの」

「でも、今日はお見合いなのよ。分かった？」

「でもね、ママ――」

と、大谷は言った。「僕と香月君は年中会ってるんだ。今さらお見合いでもないよ」

「何を言ってるの？」

と、大谷の母は呆《あき》れ顔で、「誰が弓江さんとお見合いしろなんて言った？」

「じゃ……」

「そうですか」

と、弓江は、こわばった顔に、それでも何とか笑みを浮かべて、「じゃ、私はこれで」

「ご苦労さまでした」

と、大谷の母は言った。

「ねえ、香月君――」

「うまく行くとよろしいですね、警部」

「待ってくれ！――香月君！」

弓江は、ほとんど駆け出すようにして、ロビーを遠ざかって行ってしまった。

「ママ！」

「何よ。そんな怖い目で私を見て。お前は私がどんなに苦労してお前を育てたか――」

「差し当り、関係ないだろ！」

大谷も、さすがに憤然として、「一体どういうことなのさ！」

「だからお見合い」

「どうしてそんな話、前もって言わないんだよ？」

「言えば、お前は来ないだろ？」

大谷は、グッと詰って、

「そ、そりゃ――僕は香月君と愛し合ってるんだ」

「男心なんて、怪しいもんさ」

と、大谷の母は平然としている。

「だったら、ママ、何も香月君を呼ばなくたって……。ひどいじゃないか」

「弓江さんも早とちりねえ」

と、大谷の母は首を振った。

「どういう意味？」

「どうせ帰りは、また二人で帰るんだからと思って、呼んであげたのに……」

――美しい秋晴れの日。

都心のホテルでも、庭園から見上げる空の青さは、どこかの深山のそれのようだった。

お見合い日和《びより》――なんてものがあるのかどうか。ホテルのロビーには、その手の顔ぶれがかなり見受けられた。

大谷も、弓江と会うというので（いつもなのだが）、ぐっとシックな三つ揃《ぞろ》いでピタリと決めている。こういう格好がキザにならない二枚目というのは珍しいのである。

「――私だってね、お前に見合いなんて、させたかないよ」

と、大谷の母が言った。

「じゃ、どうして――」

「義理なのよ。どうしても会ってみてくれ、って言われちゃってね。昔お世話になった人で、断り切れなかったのよ」

大谷の母が押し切られたというのだから、相当なものだろう。

「やれやれ、窮屈だね、こんな堅苦しい服」

フォーマルなスーツ姿の大谷の母は、ブツブツ文句を言った。

「だったら、そう言えばいいじゃないか」

「ともかく会うだけ会っとくれ。それで義理が果せるんだから」

「ちょっと待ってて」

と、大谷が駆け出す。

「どこへ行くの？」

「――香月君を捜して話して来る！」

と、大谷の声は、ずっと先の方から、返って来た。

「――悔しい」

と、弓江は、涙を拭《ぬぐ》った。

いつもなら、大谷の母に何を言われようと平気な顔でいられる弓江だが、今日は、不意打ちだった。

しかも、「お見合い」……。

あんなに息子を大事にして、近寄る女性を目の敵《かたき》にしている大谷の母が、見合いさせようというのだ。さぞかし、すばらしい女性なのだろう。

「きっと、私なんか、とても比べものにならないんだわ……」

そう思うと、弓江は、つい涙がこみ上げて来るのを、こらえ切れなかったのである。

あわててトイレに飛び込み、バッグからハンカチを――。

「あれ？」

ハンカチ。――ハンカチがない！

今日は大谷も弓江も非番で、こんなホテルに来るというので、弓江も少しお洒落《しゃれ》をして来た。

そのせいで、却《かえ》って、ハンカチを忘れてしまったのである。

ツイてないときは、こんなもんだわ……。

グスン、と鼻をすすっていると、

「あの――よろしかったら、これを」

と、後ろで声がした。

顔を上げると、洗面台の鏡に、小柄で可愛い女の子が映っている。その隣には凄《すご》い美人――あ、これは私だわ。

振り向くと、その女の子が、

「どうぞ」

と、ハンカチを差し出している。「あんまりいいハンカチじゃありませんけど」

「あの――でも――」

「いいんですよ。どうぞ」

「じゃあ……。ごめんなさい」

弓江は、その白いハンカチを借りて、涙を拭った。――あまりいいハンカチじゃない、というのは、事実だった。

ただの白いハンカチ。しかも、大分、しつこく洗濯したに違いない。

今どきの女の子が、まず滅多に持っていないハンカチである。

「父のお古のハンカチなんです」

と、その女の子が、ちょっと照れくさそうに言った。「捨てちゃって下さっても
――」

「いいえ。とんでもないわ」

弓江は首を振って、「洗ってお返しするから」

「そんなことしていただいたら、ハンカチがびっくりしちゃう!」

その言い方があまり可愛くて、弓江は、つい笑い出してしまった。

「――ごめんなさい、わざわざ」

と、弓江は言った。「あなた、このホテルに、何のご用で?」

「ええ……。何だか、叔母が会わせたい人がいるからって」

「お見合い?」

「そんなものらしいです」

「お若いのに。――いくつ?」

「十八です」
十六、七かと思っていた。小柄というだけでなく、着ているワンピースが、やたら

可愛い……。

「これ、昔の服なんで、おかしいんですけどね」

「そんなことないわ。とても可愛いわよ」

と、弓江は言った。

「ありがとうございます。——あ、もう行かないと」

女の子は、ちょっと頭を下げて、トイレを出て行った。

弓江は、あの子、お金がないんだわ、と思っていた。——刑事の目で、つい見てしまう。

ワンピースも古いが、靴もバッグも、およそ色の組合せなど無視していて、しかも古い。つまり、他に持っていない、ということだろう。

あんなに可愛い子なのに……。

アクセサリー一つ、つけていない。

弓江は、ふと思い付いて、急いでトイレを出た。足早にロビーの方へ歩いて行く女の子を追いかけて、

「——ね、あなた」

と、肩を叩いた。

「あら、何か……」

「お見合いなんでしょ？　それじゃあんまり寂しいわ」

弓江は、自分がつけていたブローチを外《はず》すと、女の子の胸につけてやった。

「あの――でも――」

「心配しないで。ハンカチと違って、あげるわけじゃないから。私、ロビーをぶらついてるから、済んだら返しに来てちょうだい」

「――すみません」

女の子は微笑《ほほえ》んだ。「じゃ、お借りします」

「頑張って――っていうのも変か」

と、弓江は笑って、「私、香月弓江。あなたは？」

「杉山涼子です。〈涼しい〉という字です」

「いい名前ね」

と、弓江は言った……。

「ともかくね、お話にならない、ひどい娘《こ》なんだってさ」

と、大谷の母が言った。

「そう……」

大谷は、てんで気のない返事。

弓江を捜したのに、見付からなかったのである。

仕方なく、見合いの相手と待ち合せたラウンジに、ふてくされて座っている。

「可愛くもないし、性格も悪い、しかも若い割にはひねてるっていうから」

「どうしてそんなひどい子と見合いさせるのさ？」

「さあ。ともかく会ってくれりゃ、向うも顔が立つのよ」

「僕の顔はどうなるんだよ」

「そうすねないで。——ああ、来たわ」

大谷が顔を上げると、見るからにお付合いしたくなくなるタイプの女性が二人、あたりを払うという雰囲気でやって来た。

「まあ、大谷さん！　お久しぶり！」

「まあ、その節は——」

「まあ、お元気そうで」

と、「まあ」の大安売り。

「——息子ですの」

と、大谷の母が言った。

仕方なく立ち上った大谷は、

「大谷努です」

と、一礼した。

「まあ、ご立派な方！――ねえ、涼子ちゃん」

二人の婦人の後ろに立っていた娘が、おずおずと顔を上げた。

「杉山涼子です。よろしくお願いいたします」

どこか、やるせない瞳《ひとみ》。哀愁を帯びた、うりざね顔。でも、若いには違いないのに、そこにはドキッとするような、「諦《あきら》め」の色――大人びた、落ちつきが漂っているのだった……。

「こちらが涼子ちゃん。十八歳なのよ」

十八歳……。

大谷は、ふと、その娘の胸につけたブローチに目をやった。

「――涼子の奴」

という言葉が、耳をかすめて、弓江は、あれ、と思った。

涼子。——まあ、もちろん、同じ名の女性がいたって、不思議はない。何しろ、ロビーはこの混雑なのだから。

「どこにいるんだ？」

「知らねえよ。このホテルの名しか聞いてないんだ」

その二人の男は、弓江が座っているソファのすぐ後ろに立って、しゃべっていた。弓江の方に背を向けているので、まさか話が聞こえているとは思っていないのだ。

弓江は、その二人のしゃべり方が、どうも気になったので、そっと振り向いてみた。ごく当り前の背広上下。しかし、弓江のような仕事をしていると、その二人が、まともな連中でないことはピンと来る。

「畜生。何とかして見付けねえと……」

と言ったのは、背の高い、ほっそりした男だった。「仕方ねえ、手分けして捜そう」

「だけど、哲、もし見付けたら、どうすりゃいいんだ？」

「うん……。困ったな」

哲、と呼ばれた長身の男は、ちょっと考えていたが、「そのときは、ともかく涼子を黙らしとくんだ。どこかへ閉じこめるかして」

「どこへ？」

「自分で考えろ。おい、六郎、お前いつもそうやって、俺《おれ》に何でも訊きゃいいってもんじゃないぜ」

「分かってるよ」

六郎というらしい、もう一人の方は、ずんぐりして、レスラーみたいな、首の短い、胸の厚い体つき。

「――そうか！」

と、哲という方の男が、指をパチンと鳴らした。「おい、俺たちは今、どこにいると思ってるんだ？」

「ここだよ」

「ここは分かってる。ここはどこだって訊いてるんだ！」

「ここは確か――麻布の――」

「馬鹿《ばか》」

と、哲はため息をついて、「ここはホテルだろ」

「そりゃそうだよ」

「つまり、部屋があるってことだ。その一つを借りて、そこへ涼子の奴を閉じこめる」

「そいつはいいや。何なら泊ってくか?」

「そんなことしたら命がなくなるぜ」

と、哲がポンと六郎の胸を叩いた。「よし、フロントへ行って、部屋を借りよう」

——二人が急ぎ足でフロントの方へ歩いて行く。

弓江は、立ち上って、その男たちの後からついて行った。

もちろん、あの「涼子」が、さっき会った「杉山涼子」だとは限らない。いや、雰囲気から言って、全然違う可能性の方がずっと大きいが、ともかく、「閉じこめる」なんていうのは、穏やかでない。

刑事として、見過してはおけないのである。

ま、どうせヒマなんだし。——大谷警部の「お見合い」が終るまでは……。

2

「あの……」

と、杉山涼子は言った。

「え?」

大谷が、涼子の方を見る。

「いいえ――何でもないんです」

涼子は、首を振った。

二人は、ホテルの庭を散歩していた。――一応お見合いの後は、たいていこのコースを辿《たど》ることになっている。

今日はやたらとお見合いが多いようで、従って、この庭園の散歩道も、やたら男女のカップルで混み合って(!)いた。

ベンチというベンチは一杯だし、すれ違うカップルも、どう見ても「お見合い」組だし、

「これじゃ、信号でもつけとかなきゃ」

と、大谷が言うと、涼子が笑い出した。

でも、恥ずかしそうな、いかにも少女らしい笑いだった。

「何かおかしい?」

と、大谷が訊く。

「いいえ――あの、私も、ちょうどそう思ってたから」

と涼子は言った。

「そうか」

大谷はちょっと笑って、「君もびっくりしたんじゃない？　こんなおじさんとお見合いだなんて」

「そんなこと……。私の方こそ、こんな貧乏くさい子供が――」

「お互いに、そういう言い方はやめよう」

涼子は、大谷を見て、

「ええ」

と、足を止めた。

「君の趣味は？」

「え？」

「いや、見合いのときは、そういうことを訊くものなんだろ？」

「私は、大谷さんのことが知りたいです」

と、涼子は言った。「私なんて、お話しするほどのこと、ないし。――警部さん、なんですってね。大変なお仕事ですね」

「仕事は何だって大変さ。君も働いてるんだって？」

「はい。ウエイトレスです。足だけは太くて丈夫ですから」

「どこのレストラン？　一度行ってみようかな」

「いやだ！　そんな高級なお店じゃないんですから！」

と、涼子は顔を赤らめた。

二人が、また歩き始める。――向うから、男が一人やってきた。一人だから、これはお見合いの口じゃあるまい、と大谷は思った。

大体、お見合いをしたとしても、まず断られそうな、人相の悪さである。

何だか、がっしりした体つきの男で、ジロッと涼子を見て、そのまますれ違って行った。

「――怖そうな人ですね」

と、少し行ってから、涼子は言った。

「うん。気になるな」

と、大谷が、真顔で、「どうも、あんまりまともでない顔だよ」

「というと……」

「いや、こんな所にまで、仕事の話を持ち込むのはやめよう」

と、大谷は笑顔を作った。「君はお父さんと二人暮しなんだって？」

「はい。父、寝込んでるんです。母はもうずっと前に亡くなって……」

「じゃ、君が生活を支えてるわけ？」

「はい。何とかぎりぎりで……」

と言うと、急に足を止め、涼子は、大谷の方を向いた。

そして、頭を下げると、

「すみません。——今日のこと、叔母の意地悪なんです」

と言った。

大谷は戸惑った。

「どういう意味だい？」

「叔母は、父と、そりゃあ仲が悪くって。何かにつけて、私や父のことを悪く言うんです。でも、私にとっては、数少ない親類だし、父の入院のときには、お世話にもなったので、今日も言われる通りに、お見合いしたんです」

「それが意地悪？」

「だって、結婚なんて、できるわけないんですもの。父の面倒をみる人もいないし、お金もないし。——それが分かってて、わざと私にお見合いをさせたんですわ」

大谷は腹が立った。

「ひどい人だなあ。——君みたいないい子を」

「そうおっしゃっていただいて光栄です。でも、叔母も気の毒ですわ。ご主人とうまくいかないので、いつも苛々《いらいら》してます。それが、見ててよく分かるんですもの」

「なるほど……」

「大谷さんみたいな方と、こうして一緒に過せただけでも、本当にいい一日でした」

大谷は、つい微笑んでいた。——何という子だろう。

「一つ、お願いがあるんですけど」

「何だい?」

「大谷さんから、このお話、断って下さいませんか」

「どうして?」

「もし私が断れば、叔母は、『せっかくの話を持って来てあげたのに』と文句を言うに決ってるからです」

大谷は、何とも返事ができなかった。

といって、断るつもりでは、もちろんいたのである。大谷には弓江がいる。しかし、この少女の健気《けなげ》さにも、うたれていたのだった。

「分かったよ」

と、大谷が肯《うなず》く。「もし君が——」

突然、男が二人、ヌッと現れた。

「ごめんよ」

と、背の高い男が言った。

大谷は、もう一人が、さっきすれ違った男だと気付いた。

「何か用ですか」

「そっちの娘の方だ」

「――私？」

と、涼子が目を見開いた。

「杉山涼子だな」

「ええ……」

「ちょっと顔を貸しな」

大谷は、涼子を自分の後ろへやった。

「僕らは今日、見合いをして、せっかくいいムードになってるんだけどね」

「――そいつは気の毒だな」

と、がっしりした男が言った。「けど、下手に口を出すと痛い目にあうぜ」

「へえ、そうかい？」

「やってみるか?」

と、男の手がのびて来て、大谷の胸ぐらをつかむ。

アッという間に、大谷は、その男の腕をねじ上げたと思うと、背の高い男に向って、押しやった。

「ワッ!」

二人が折り重なって倒れる。

「――何やってるんだ!」

「そっちこそ!」

二人で、やっと起き上ると、大谷の方へと立ち向って来る。

「動かないで」

と、声がした。「拳銃《けんじゅう》が狙《ねら》ってるわよ」

「香月君か!」

大谷が目を丸くした。「どうしてここへ?」

「その子に、ブローチを貸したもんですから」

弓江が、拳銃を手に、目を白黒させている二人の男の後ろへ回った。「あなたたち、何者?」

「お、お前らこそ、何者だ？」

　と、背の高い男が叫んだ。

「そちらは、警視庁捜査一課の大谷警部。私は部下の香月」

「――やばい！」

　二人の男は、ヘナヘナと座り込んでしまった。

「だらしのない連中ね」

　と、そばの木立の陰から出て来たのは、大谷の母だった！

「ママ！」

　大谷がまた目を丸くして、「そんな所で何してるの？」

「お前たちをずっと見張ってたのよ。お見合いの後で、仲良くなるような馬鹿をするのがよくいるからね」

　大谷の母としては、涼子がこんなに可愛い娘だと思っていなかったのである。当然、弓江と共に、この子もライバル！――というわけである。

「それにしたって、何も隠れてついて歩かなくても……」

「警部」

　と、弓江が言った。「今はともかくこの二人を何とかしましょう。どうも、裏があるようですよ」

「うん、そうだった」

——二人、わけが分からずにポカンと突っ立っているのは、もちろん涼子だった……。

ミシュランの三つ星、とまではいかなくても、味はそこそこ、値段が安くてボリュームもある、となれば、客が押しかけない方がどうかしている。

涼子が働いているそのレストランへ、大谷と弓江が入ったのは、もう昼食時を外した午後二時過ぎだったが、まだ店の中はほとんど満席。

もちろん、涼子の方でも、二人に気付いて、会釈《えしゃく》はしたが、とても話のできる状態ではなかった。

「——よく働くわ、涼子さん」

と弓江は感心した。

味はともかく、ウエイトレスなら「三つ星」だわ、と思った。

三時を過ぎると、やっと客の潮もひいて、手が空いた涼子が二人の方へやって来る。

「すみません、お待たせして」

「いいえ、もう大丈夫なの？」

「はい。ちゃんとご主人にも断って来ましたから」

涼子は、エプロンを外して、椅子《いす》にかけた。それから、ちょっとかしこまって、

「先日は、失礼しました」

と、頭を下げた。「とても楽しかったですわ」

弓江は、本当なら、ライバルに当るこの娘を、何となく好きになってしまっていた。いや、ライバルというほどのこともない。

「後で、うかがいました」

と、涼子は言った。「こちらの香月さんが、大谷さんのフィアンセでいらっしゃるんですってね。とてもお似合いだと思います」

「ありがとう」

と、弓江は、少々照れて、「でも、なかなか強敵がいてね」

「ああ、あのお母様ですね」

と、涼子がおかしそうに言った。

「お袋にも困ったもんだ」

と、大谷は苦笑いして、「君の所へも、何か言ってったのかい？」

「いいえ。ただ——お電話がありました。で、香月さんとのことをうかがったんです」

「だから、諦めろって？」

と、弓江が訊いて、フフ、と笑った。「私の所にも電話があったのよ」

「え？」

「努ちゃんが、今度のお見合いの相手を気に入ってるから、あなたは諦めなさい、って」

「まあ」

二人は一緒になって笑った。「努ちゃん」一人が、汗を拭《ふ》いている。

「ところでね——」

と、話を変えて、「例の、哲と六郎って二人なんだが、どうも大したことのないチンピラでね、見かけほどのことは、やっちゃいないんだ」

「どうして私のことを知ってたんでしょうか？」

と、涼子が不思議そうに言った。

「涼子さんは、全然、思い当らないの？」

「ええ、まるで。だって——こんな店のウエイトレスですよ。狙われるわけが……」

「こんな店で悪かったね」

と、愉快そうな声がして、エプロン姿の初老の男が、ニヤニヤしながら、大谷たちのテーブルの方へやって来る。

「あ、内田さん——。あの、この店のご主人の内田さんです」

と、涼子は大谷たちに紹介して、「内田さん、私、何もこの店のことを——」

「分かってる。からかってみただけさ」

見るからに人の好さそうな内田という男、そう言って笑うと、「涼子ちゃんから話は聞きました。——いや、こりゃ二枚目の刑事さんだ。涼子ちゃんが一目惚《ぼ》れするのも無理ないな」

「いやだわ。誰もそんなこと。——それに、こちらは、ちゃんと婚約してらっしゃるんですよ。この香月さんと」

涼子は顔を赤らめながら、言った。

「しかしなあ、涼子ちゃんの顔に書いてあるよ。この人が好きだ、ってね」

「内田さんったら！」

「どうだい、こちらへコーヒーでもおいれしちゃあ」

「はい！」

涼子は、席を立つと、店の奥の方へ入って行った。

「――いや、本当によくできた子ですよ」

と、内田は言った。「あの子の父親とは古い付合いでしてね。倒れたときに、あの子をここで働かせることにしたんです。こっちとしては友だちを助けるつもりで、まあそこそこに働いてくれりゃいいと思ったんですが、いや、とんでもない。当節、あんなによく働く子は、どこを捜したって見付からないでしょうね」

「偉いですね」

と、弓江は言って、「警部、ああいう子をお嫁さんにすると、きっと楽ですよ」

「そう、いじめるなよ」

と、大谷が、情ない顔で言った。

「――ところで、内田さん」

と、弓江が内田の方を見て、「あの涼子さんを、二人のチンピラが狙ってたんです」

「ええ、それも聞きました。しかし、分かりませんなあ」

と、内田は首をひねった。「あの子が狙われる理由がない。人違いじゃないんでしょうか？」

「杉山涼子とはっきり言っていますし、それに顔も知っているんです」

「その二人は押えてあるので、訊問《じんもん》してみたのですがね」

と、大谷は言った。「見たことのない奴に頼まれた、というだけで……。どうやら本当らしいんです」

「妙な話ですねえ」

と、内田は、心配そうに、「あの子が、妙なことに巻き込まれなきゃいいんだが……」

――涼子がコーヒーを運んで来た。コーヒーの香りが弓江の鼻をくすぐる。

そのとき、店に客が一人、入って来た。

「いらっしゃいませ」

と言って、涼子は、「まあ、明石《あかし》さん」

と、嬉《うれ》しそうな声を上げた。

「また、涼子ちゃんの恋人が来た」

と、内田がからかう。

「にぎやかだね」

明石というその男、年齢はもう六十近いだろう。白髪に、知的な風貌《ふうぼう》。――古い言葉でいえば、ロマンスグレーかな、と弓江は思った。ちょっと年齢《とし》が行きすぎてるか……。

「いらっしゃいませ」

涼子が、急いで水を持って行く。

「いつものランチを頼むよ」

と、明石という男は言った。

「はい。――ランチ一つ！」

涼子は、内田の方へ、大きな声で言った。

「ランチは二時で終りなんですがね」

と、内田が立ち上りながら言った。「ま、ちょうど一つ分だけ余ってたから、作りましょう」

内田が店の奥へと入って行く。

「――いつも、同じパターンなんです」

と、涼子は弓江に言った。「だって、必ずこの時間になると、明石さん、ランチを食べにみえるんですもの」

明石は、持って来た英語の雑誌を眺めていたが、ふと涼子の方へ顔を上げて、

「涼子ちゃんの友だちかね？」

と訊いた。

「いいえ。――私のお見合い相手」

と、涼子が、いたずらっぽく答える。

「ほう！　しかし、残念だな。この店に来ても、涼子ちゃんの顔が見えなくなると」

「じゃ、私が振られるように祈ってて下さいな」

涼子は、またエプロンをつけて、「さあ、仕事仕事！」

と、さっき下げた皿を洗い始めた……。


「――警部」

と、弓江が言った。

「うん？」

大谷は、車のハンドルを握っている。

「あの二人から、何もつかめないんですか？」

「哲と六郎かい？　むだだろうな、いくらしつこくやっても。――少々抜けたところのある奴らだしな。きっと、本当に頼んだ奴のことを知らないんだよ。それに、向うから連絡があるはずだった、というし」

「そうですか……」

「心配そうだね」

「警部は心配じゃないんですか？　フィアンセのくせに」

大谷はため息をついて、

「ねえ、香月君、僕が愛してるのは君だけだよ」

「でも、彼女の方が若くて、純情ですよ」

「ねえ……」

大谷は、車を道のわきへ寄せて、停めた。

もう、夜になっている。——寂しい道だった。

つまり、恋人たちには都合のいい道でもあったのだ。

大谷は、弓江を抱き寄せてキスした……。

「君を離さないからね」

「本当に……？」

「もちろんさ……」

「何か——音楽をかけて」

「いいとも。うんとロマンチックなやつだ……」

大谷が、カセットを、デッキの中へ差し込む。カチャ、カチャ、と音がして、テープが回り始める。

突然、スピーカーから、

「努ちゃん！　車の中のラブシーンは、法律違反よ！」

と、大谷の母の声が飛び出して来て、二人は座席でひっくり返った。

3

「腕を組んでも……いいですか」

と、涼子が、おずおずと言った。

「もちろん、構わないよ」

大谷は微笑んで、「その方が、ずっと自然だ」

「じゃ——失礼して。すみません」

涼子は、大谷の腕を取った。

「何を謝《あやま》ってるんだい？」

「弓江さんに、申し訳なくって」

「君は、本当に今どき珍しい子だね」

「すみません」

涼子は、また謝った。

夜ももうすっかりふけて、十一時を回っている。

大谷と涼子のデートは、涼子の働いているレストランが閉ってから、というわけで、こんな時間になってしまうのである。

大谷が浮気！——と、早とちりしないでいただきたい。

これも、弓江の考えなのである。

「仕方ないじゃありませんか」

と、弓江は大谷に主張したのだった。「そりゃ、私だって面白くはありませんわ。でも、涼子さんが狙われてるとしたら、守ってあげなくちゃ。四六時中、ついてるわけにいかないんですもの、襲われやすい状況を作って、犯人をおびき出すしかありません」

大谷も渋々（本当に渋々だった！）承知したものの、後ろめたい思いは拭い切れない。

涼子は、歩きながら大谷の肩に、頭をもたせかけて来る。

いくら鈍感な男でも、こうされたら、この子は俺のことが好きなんだ、と分かるはずである。

しかし、大谷としては、どんなにいじらしく、可愛くても、涼子は弓江の代りにはなれないのである。

「――お父さんは、具合、どう?」

と、大谷は訊いた。

「一進一退です。今は病院に入っているから、安心ですけど。――家に引き取るかどうか、迷っているんです」

「なるほど」

「ずっとそばについていてあげるわけにはいきませんし」

と、涼子はため息をついた。

「こんなときに、お父さんの話をしちゃいけなかったかな……」

「そんなこと。――大谷さんって、やさしいんですね」

「そうかね」

「ええ。香月さんが羨《うらやま》しい……」

涼子は、大谷の腕に、体をすり寄せるようにして、そっと目を閉じた。

「——誰か、つけて来る」

と、大谷は、言った。

「え?」

「振り向くな。——そのまま歩いて」

大谷は、低い声で、囁《ささや》いた。

「はい……」

「足音がしてる。ずっとついて来てるようだな」

「どうしましょう?」

「君は心配しなくていい。僕に任せて」

「はい」

涼子は、肯いた。その目は、大谷への完全な信頼に、輝くばかりだった。

いくら恋人のいる男でも、この目には胸をうたれるだろう。

「よし」

大谷は、職業意識の方へ、頭を強引に切りかえた。

「——その角を曲るんだ」

と、大谷は囁いた。「そうしたら、君は先に行け。僕は少し遅れる」

「分かりました」

「何か起ったら、君は公園の出口へ向って走れ。香月君がいる。いいね？」

「はい」

「よし……。行くぞ」

二人は、角を曲った。――と、

「ここにいたの！」

大谷の母が、目の前に立っていたのだ。

「ママ！」

「捜しちゃったわ。――ほら、お腹《なか》が空くといけないから、夜食の用意をして来てあげたのよ」

大谷の母は、風呂敷《ふろしき》包みを、持ち上げて見せた。

「向うのベンチが空いてたわ。一緒に食べたら？」

タタタ、と遠ざかる足音。

大谷は、ため息をついて、

「ママ、こんな所へ出て来ないでよ。せっかく僕が――」

「あら、そう」

大谷の母は、顔をこわばらせて、「母親が息子のことを心配しちゃいけないいって言うの？　息子の前に顔を出しちゃいけない、と――」

「そんなこと言ってないだろ。今はね――」

「分かりましたよ。お前はすっかり変ってしまった。女は魔ものだね」

「そうじゃないってば！」

「あの、お母様――」

と、涼子が言いかけると、大谷の母が目をむいて、

「まあ！　あなたに『お母様』なんて呼ばれる覚えはありませんよ！」

「いえ、そういう意味では――」

「ママ！　いい加減にしてよ」

「お前は、この娘の味方なんだね！」

「すみません、私が――」

「君が謝ることはないよ」

「ええ、そうね。何でも悪いのは私なんだから。弓江さんなら、そんなことまでは言わせないよ」

「これは仕事なんだってば！」

　——三人の討論（？）が続いているところへ、

「涼子さん！」

　と、弓江の叫ぶ声がした。「警部！　どちらですか！」

「香月君だ。何かあったたな。——おい！　こっちだ！」

　弓江が駆けて来る。

「警部！　今、パトカーの無線で——」

「どうした？」

　弓江は、涼子の方を見て、言葉を切った。

「香月君、一体……」

「涼子さん」

　弓江は、涼子の肩に手をかけた。「気を落とさないでね……」

　涼子は、じっと弓江を見つめていた。

「——辛《つら》いな」

　と、大谷は言った。

「ええ……」

弓江は、病室の方へ目をやった。「余り、がっかりして——」

「今は大丈夫よ」

と、大谷の母が言った。

「え？」

「今は大丈夫。気が張ってるからね。一週間ぐらいしてからね、気を付けなきゃいけないのは」

大谷と弓江は黙って肯いた。——そうかもしれない。

静かな廊下を、夜勤の看護婦が、通って行く。

——病室のドアが開いて、涼子が姿を見せた。

「どうも、ご心配かけて」

と、大谷たちの方へ頭を下げる。

「いや……。気の毒だったね」

「でも、あまり苦しまずにいったようですから」

涼子の目は、少し赤くなっていたが、表情はしっかりしていた。

「じゃあ、私は失礼しますよ」

と、大谷の母が言った。

「わざわざおいでいただいて……」

と涼子が礼を言った。

「努ちゃんと弓江さんに、後のことは任せなさい。大丈夫だから」

「ありがとうございます」

こんなときは、不思議と年輩の人間が何か言ってくれた方が、落ちつくものなのである。

「――私、後の手配を頼んで来ます」

と、弓江が急ぎ足で去ると、大谷は、涼子の方を向いた。

父を失った悲しさは、まだ実感できないのか、涼子は、少しぼんやりしたように、たたずんでいる。

「――失礼」

と、声がした。

「はあ」

「当直の医師です」

と、白衣を着た、眠そうな顔の男が言った。「警察の方、とか……」

「そうです。この子は知り合いで」

「そうですか。実は――」

医師は、周囲を見回して、「ちょっとお話があるのですが」

と言った。

「何でしょう？」

「こちらへ」

医師は、大谷を促《うなが》して、廊下の隅の方へと歩いて行き、涼子に聞こえない辺りまで来ると、

「ここなら大丈夫だろう」

と、息をついた。

「何です、一体？」

「いや、実は、杉山さんの死因ですが、どうも妙な点がありまして」

大谷は眉《まゆ》を寄せた。

「しかし、重病だったんでしょう？」

「そうです。そう長くはなかったでしょう。――だが、今夜の直接の死因となると、話は別です」

「というと？」

「どうも、誰かが、薬の点滴を止めたらしいんです」

大谷は目を見張った。

「つまり――」

「いや、もちろん、それで死ぬと限ってはいません。しかし、その可能性はある。誰かがそれを止め、その結果、死んだとしたら――」

「殺人ですよ、それは」

と、大谷は言った。

「立証は困難でしょうね」

と、医師は言った。「わざと止められたものか、それとも、何かのミスか。その結果死んだのか、それとも病気のせいか。――判定はむずかしい」

大谷は、少し考えて、

「誰か、それをやりそうな人間が?」

と訊いた。

「さあ、そこまでは……」

医師の口調は、どことなく曖昧《あいまい》だった。

「何かご存じでしたら、教えて下さい。これは正式な訊問じゃない」

医師は、涼子の方へ目をやった。——大谷は、当惑した。

「まさか！　彼女は、僕と一緒にいたのですよ、今夜は」

「そうですか」

医師はホッとした様子で、「いや、あの子は、父親が苦しんでいるのを見ていましたからね。楽にしてやりたいと思っても無理はないんです」

「彼女以外には？」

「さあ、そこまではね」

と、医師は首を振った。

「今夜、誰か怪しい人間を見かけませんでしたか？」

「いや、私は別に」

「そうですか……」

大谷は、廊下にたたずむ涼子の姿を、眺めていた。

涼子の父親の葬儀は、なかなか立派なものだった。

もちろん涼子一人では、とてもそんな経済力はない。大谷があちこちに口をきいた結果だった。

涼子の父は、かなりの人格者だったようで、告別式は、多彩な人間たちで溢《あふ》れた。

涼子は、しっかりと喪主をつとめ、弓江を感心させた。

「十八で……。かなわないなあ」

と、出棺を待ちながら弓江は表で呟《つぶや》いた。

爽《さわ》やかな青空が広がった午後である。

――男が二人、道に立って、手を合わせている。

「どうぞ、中でご焼香下さい」

と、弓江は声をかけた。「――まあ！　あなたたち！」

哲と六郎の二人である。

「あ！　逃げろ！」

と、六郎が駆け出そうとするのを、

「待って！　何もしないわよ」

と、弓江は止めた。「それとも、また何かやらかしたの？」

「いえ、何も」

「じゃ、逃げることないじゃない」

「――それもそうだ」

と、六郎が息をつく。「いや、つい逃げるくせがついちまって」

「いやなくせだ」

と、哲が渋い顔で言った。

「――でも、感心ね。わざわざここへ？」

「今日、放免になったんで」

と六郎が言った。「そのとき聞いたんですよ」

なかなか、根はいい男たちらしい。

弓江は微笑んだ。

「何か、まともな仕事につく気があれば、世話してあげるわよ」

と言った。

「そうですねえ……」

と、哲が、照れくさそうに頭をかく。「その気になることもあるんですが、長続きしなくて」

「俺は、やってみたい仕事があるんです」

と、六郎が言った。

「へえ、そりゃ初耳だ」

と、哲がからかう。「何だ?」

「刑事になりたいんだ」

これには、弓江も唖然とした。

「出棺でございます」

と声がして、焼香を済ませた客が、ゾロゾロと出て来る。

「──じゃ、俺たちはこれで」

と、哲が頭を下げた。

「ご苦労様。その気になったら、いつでも会いに来て」

と、弓江は言った。

「どうも──。おい、六郎、行くぜ」

「おい、どうした?」

と、哲が肩を叩いたが、六郎の方は、ポカンとして、何かを見ている。

「え?──あ、いや──なあ、あいつじゃなかったか?」

「何が?」

「俺たちに、あの仕事を頼んだ奴さ」

「何ですって?」

弓江は目を見開いた。「どの人？」

「いや――確か、チラッと見ただけだけど……」

弓江は、二人を近くの電柱の陰へ押しやって、

「どの人？――もう一度見付けて！」

と言った。

「ええ……。いや、人違いかなあ。――ほら、あの――」

「本当だ」

と、哲が目を丸くしている。「あいつだぜ、間違いない」

二人が指さす方に、弓江は目をやった……。


「――ごちそうさまでした」

と、涼子が頭を下げる。

「あら、もっと食べれば？」

と、大谷の母が言った。「それとも私の味つけが気に入らない？」

「いえ、そんなこと……」

「ママ、無理にすすめても気の毒だよ」

と、大谷が言った。

「私、いただきますわ」

と、弓江が、おかずを自分の皿へ取る。

「そう！　さすがに弓江さんは、おいしいものを、よく分かってるわ」

と、大谷の母が肯く。

涼子が、ちょっとためらってから、

「あの——私も、もう少し」

と、皿を取り上げた。

弓江は、そっと微笑んだ。これでいい。

父を亡くした後の、ポッカリと穴のあいたような空白を、こんなことで埋められるのなら……。

それに——これは、弓江にとって、少々ありがたくないことだが——父を亡くして、涼子は、自由に結婚もできる身になったのである。

大谷の家で、こうして食卓を囲む四人。

妙な光景ではあった。——ともかく、男一人に女三人。しかも、その三人が三人とも、一人の男に、「惚れて」いるのだから。

「——あら、電話が」

と、大谷の母が言った。

「私、出ます」

と、弓江が立ち上った。「たぶん私にかかって来たんだと思います」

弓江が電話の方へと急いで歩いて行くと、大谷の母が、

「図々しいわ。人の家の電話を——」

「ママ、いいじゃないか、それぐらい」

「あなたなら、決してそんなこと、しないわよね」

と、大谷の母は、涼子に言った。

「はあ」

涼子は、困ったように呟く。

「——分かりました。どうも」

と、弓江の声。

戻って来た弓江は、椅子にかけると、

「とんでもないことが分かりましたよ」

と言った。

「どうしたんだい？」

「あなたに夫でもいたの？」

と、大谷の母が訊いた。

「ママ！」

「——いえ、あの、哲と六郎の二人に、涼子さんをさらうように依頼した人間が分かったんです」

「誰なんだ？」

「涼子さんのいる店の常連。明石って人よ」

涼子は唖然とした。

「明石さんが？」

「ええ。でもね、普通の勤め人が、そんなことをさせるわけもないから、おかしいと思って、明石の身許《みもと》を当らせたの。そうしたら……」

「何だったの？」

と、大谷の母も身を乗り出す。

「あの人、逃亡中の、ヤクザの親分なのよ」

「まあ！」

「出入りで人を殺して、姿をくらましていたってことが分かったの。——思いもかけない魚がつれましたね」

「しかし——香月君、どうして明石のことを……」

弓江は、告別式に来ていた哲と六郎の話をして、

「すぐに明石を問い詰めても良かったんですけど、どうも何かありそうな気がして」

「お手柄だ！」

と、大谷は手を打った。

「努ちゃんの仕込みが良かったのね」

と、大谷の母が言った……。

4

「——ごちそうになりまして」

と、涼子が、大谷と弓江に頭を下げた。

「また、一緒に食事しましょうね」

弓江の言葉に、涼子は、微笑んで、

「いいんですか？」

と訊いた。

「ええ。いつもライバルがいた方が、張り合いがあるもの」

大谷は、聞こえないふりをしている。

弓江と涼子は一緒に笑った。

「――あ、タクシーよ」

弓江が、タクシーを停めて、「じゃ、気を付けてね」

と、涼子を乗せる。

「失礼します」

――涼子の乗ったタクシーが、走り去ると、弓江は、ホッと息をついて、

「良かったわ、涼子さん、元気で」

大谷が、ちょっと笑って、

「人がいいんだな、君は」

「あら、お互いさまじゃありません？」

と、弓江は言った。「それに、あの涼子さんも」

「全くだ。――あの子にも幸せになってほしいな」

大谷は、弓江の肩を抱いた。

弓江が、甘えるように、もたれかかる……。

「私は人が悪いの？」

と、大谷の母の声がした。

弓江は、大してびっくりしなかった。大分慣れて来ているのだ。

「あ、お母様。とんでもありませんわ。今夜の夕食に、あの涼子さんを招《よ》んだりして、気をつかって下さったのは、お母様ですもの」

「分かってりゃいいの。大体、若い人はね、ありがたいという気持を――」

遠くで、ドシーンという音がした。

「――何だろう？」

大谷が振り向いた。

「何だか――車がぶつかったような……」

「君も、そう思うか？」

二人は顔を見合わせ、同時に走り出していた。

――かなり距離があったが、車がぶつかったらしいことは、すぐに分かった。

「警部！　あの車――」

と、弓江が叫んだ。

「さっき、あの子が乗って行ったタクシーだ！」

二人は足を早めた。

タクシーは、歩道へ乗り上げて、ガラスが砕けていた。

もう一台、小型トラックが、タクシーと、鼻をつき合わせるようにしてぶつかっている。

「――涼子さん！」

弓江は叫んだ。

「あそこだ」

と、大谷が、道の上に倒れている涼子を指さす。

二人は駆け寄った。――涼子は、気を失ってはいるが、けがらしいものは見えない。

「よかった、大丈夫らしい」

と、大谷は息をついた。

「警部！」

と、弓江が言った。「救急車が――」

見れば、救急車が、出動した帰りなのか、ランプをつけずに走って来る。

大谷は道へ飛び出して手を振った。

「――どうした？」

と、停った救急車の運転席から、マスクをした男が顔を出す。

「事故なんだ。病院へ運んでくれ」

大谷が、手帳を示した。

「分かった。じゃ、その女の子を――」

「僕がのせる。他にも二人いるはずだ」

と、大谷は、まず、涼子をかかえ上げて、救急車の助手席へのせた。「――行ってくれ」

「分かった」

大谷は、タクシーの方へ走って行った。

「――香月君！　どうだ？」

「変です」

と、弓江は言った。

「何が？」

「タクシーも、トラックも、運転手がいません」

「何だって？」

二人は顔を見合わせた。

「あの救急車！」

と、弓江が叫ぶ。

事故じゃない！　これは偽装なのだ！

救急車が、走り始めていた。

「しまった！」

大谷は、猛然と駆け出した。

「気を付けて――」

弓江が言い終らない内に、大谷は、まだあまりスピードを上げていない救急車へと飛びついた。

「キャッ！」

思わず、弓江が声を上げる。

救急車は、大谷を後ろにぶら下げたまま、走り去った。

「――警部！」

弓江は、ちょうど走ってきたスポーツカーの前に飛び出した。

キーッ、と音をたてて、スポーツカーが急ブレーキをかける。

「――危ねえじゃねえか！」

と、若い男が、顔を出して、怒鳴《どな》った。

「降りて！」

と、弓江が駆け寄る。

「え？」

「降りるのよ！」

弓江が拳銃をつきつけると、男は、アッサリと車から出た。

弓江は、代りにスポーツカーへ乗り込むと、猛然と車をスタートさせた。

「おい！――乱暴な運転するな！」

と、見送っていた男が叫んだ。「お巡りさんを呼ぶぞ！」

救急車は、信号も無視して、突っ走っている。もちろん、弓江もである。

必死の運転のおかげか、大分、救急車に追いついて来ていた。

「警部……。どうかご無事で……」

と、祈るように呟く。

救急車の上に、何かある。――大谷だった！

救急車の屋根に、しがみついているのだ。

どうしよう？

運転に神経を集中させながら、弓江は必死で考えた。

パトカーじゃないから、無線で連絡するってわけにもいかない。

救急車は、いくらすっとばしても、みんな何も気付くまい。しかし、この車は……。

そうか。――これがどんどん信号を無視して走れば、その内、パトカーか白バイが追って来る。

そしたら、その乗員へ、連絡を頼んで、非常線を張るのだ。

しかし、いずれにしても、涼子が一緒である。無茶はできない。それに、もし救急車が、どこかへぶつかりでもしたら、間違いなく大谷も、飛ばされて重傷を負うだろう。

何とか――救急車を、穏やかに停めさせる方法はないだろうか？

こうなったら……。念力だ！

半ば、やけ気味で、弓江は、

「停れ！　停れ！」

と、呟き続けた。「停らないと、あとでけっとばすぞ！」

――と、救急車が、左右へ揺らいだ。

大谷が、危うく落ちそうになる。

「危ない！」

と、弓江は叫んだ。

だが、何とか持ちこたえた。

そして――救急車のスピードが、ぐっと遅くなったのである。

「まさか……」

と、弓江は呟いた。

しかし、本当に、スピードが落ちたのである。そして、救急車は、ピタリと停った。

「――警部！」

スポーツカーから、弓江は飛び出した。

「大丈夫だ！　運転席を見ろ！」

大谷が、屋根から飛びおりる。

救急車のドアが開いて、涼子が降りて来た。

「――涼子さん！」

「弓江さん……」

「大丈夫？」

「ええ」

と、肯いて、「ああ、怖かった」

「中の男は？」

「明石さんです」

明石が！　そうだったのか。

「おい、出て来い」

大谷が、中を覗《のぞ》くと、明石が、ウーンと呻《うめ》いている。

「——どうしたの？」

弓江が呆気《あっけ》に取られていると、

「私が——」

と涼子が言った。

「あなた、どうしたの？」

「ええ、ちょっと……。明石さんの『急所』を殴ったんです」

と言って、涼子は赤くなった。

弓江は、結構、この子、カマトトじゃないのかしら、と思った。

「まあ」

「――いや、良かった」

と、大谷が言った。

「ご心配かけました」

と、涼子が頭を下げる。

「涼子さん。そう頭を下げなくてもいいわよ」

と、弓江は言った。「お手柄も立てたんだし」

「ええ……」

と、涼子は頭をかいている。

――ここは、涼子の働いているレストランである。

昼前なので、まだ店は開いていない。当然、他に客はなかった。

「しかし、無事で良かった」

と、主人の内田が、コーヒーを運んで来た。

「明石さんが、あんなことしてたなんてショックです」

と、涼子は言った。

「うん。――君に惚れてたんだよ」

と、大谷が肯く。「だから、あの二人を雇って、見合いをさせまいとした」

「あのとき、公園の中で後を尾《つ》けていたのも……」

「そう。明石だよ」

「私をさらって、どうするつもりだったんでしょう?」

「一緒に逃げようと思っていたのさ」

「そうですか……」

涼子は呟くように、「悪い人じゃなかったのに」

「――さ、どうぞ」

内田が、コーヒーを出す。

弓江には、一つ引っかかることがあった。

涼子の父の死についてだ。

あの点滴を止めたのが、もし明石だとしたら……。父親のために涼子が苦労しているのを見かねて、とも考えられる。

しかし、明石は否定しているし、それに、明石はあのとき、公園にいた……。

「君もこれから、自分のしたいことをするといいよ」

大谷が、そう言って、コーヒーカップを取り上げる。

「待って！」

と、弓江が叫んだ。

「な、何だい？」

「そのコーヒー、調べて下さい！」

「何だって？」

——内田の顔がサッと青ざめた。

「病院へ行って、涼子さんのお父さんの点滴を止めたのは、この人だわ」

内田が、固い表情で、

「その通りだ」

と言った。

「内田さん……」

涼子が唖然として、「どうして、そんなことを……」

「涼子ちゃん。私は君が好きだったんだよ」

と、内田は言った。「私と明石は、互いにライバルだと知っていた。明石が見合いを妨害しようとしたのを知って、私も何とか君を自由にしてやりたかった。——それに、君のお父さんは、ひどく苦しんでいたんだ。見舞に行った私に、自分から、あの点滴を止めてくれと頼んだのだよ」

「父が……」

「本当だ。信じてくれないかもしれないが本当だ」

涼子は、じっと内田を見つめていた。やがて、肯くと、

「私、信じます」

と、言った。

「ありがとう。――君はいい子だ」

「内田さん。ともかく、一応事情をうかがいたいですね」

と大谷は立ち上った。「同行願いましょうか」

「分かりました」

内田はエプロンを外した。

「内田さん」

と、弓江は言った。「このコーヒーに何を入れたんです？」

「ああ、この警部さんに早く帰ってもらいたかったんですよ。それで、下剤をね

「……」

――少ししてみんなが一斉に笑い出してしまった……。

大谷と内田が店を出て、弓江と涼子が残った。

少し、沈黙があって、弓江が口を開いた。

「涼子さん。――大谷警部のこと、まだ好きなの？」

「はい」

「はっきり言うのねえ」

「すみません」

「いいわよ」

弓江は、ちょっと笑って、「ライバルの三角関係か。――こんなややこしい話、聞いたことないわ」

と、ため息をついた。

願いの叶った日

1

「やった！——やった！」

原田房江は、何度も何度もそう口に出して言いながら、ピョンピョン跳びはねていた。

といっても、原田房江は別にウサギではなく、人間である。ただ、あんまり嬉《うれ》しいので、普通に歩いていられないのだ。

しかし、その辺の道を、跳びはねながら歩いて、しかも、

「やった！　やった！」

と、言っていては、すれ違う人たちがみんなびっくりして振り向くのも当然ではあ

った。

だから、後になっても、原田房江が、

「いかにも嬉しそうにして歩いていた」

という証人は、いくらも出て来たのである。

しかし、彼女が、そこで誰《だれ》と出くわしたのか、見たという人間はいなかった。

そう――そこは、電車の音が大きく反響するガードの下だった。

「やった、やった！　万歳！」

と、相変らず跳びはねながら、原田房江はガードの下を通り抜けようとした。

「――あら」

薄暗い中で、房江は、その相手の顔を確かめるように覗《のぞ》き込んでいたが……。

「あ、やっぱり！」

と、嬉しそうに声を上げた。「私、ほら、今度大学を受けるって言った……」

相手は、分かっているのかどうか、無表情な目つきで房江を見ている。

「合格したんです！　今、発表を見て来たんですよ。――ありがとうございました！

本当に、何てお礼を言っていいか……」

房江は言葉を切った。グスン、と涙ぐんでさえいたのである。

「私……私……本当にこの一年、辛《つら》かったんです、それがやっと……。何か、馬鹿《ばか》みたいですね、一人ではしゃいでて。でも——本当に嬉しいんです。私、これ以上に嬉しいことなんてきっと……」

相手が手を出して来たので、房江は握手するのかと思って、自分も手を出し、顔を伏せた。顔を伏せなかったら、もしかしたら、助かったかもしれないのに……。

相手の両手が、がっしりと房江の首を捉《とら》えた。

やめて！　何するの！——声にはならなかった。

房江は、ガード下の、冷たいレンガの壁に押し付けられた。必死でもがいたが、とても抵抗できるものではなかった。

電車が頭上を駆け抜けて、房江が発したかもしれない最後の叫びを、かき消した。

大谷努警部の首に、サッと紐《ひも》が巻きついた。

「努ちゃん、危ない！」

と、鋭い声が響き渡ったと思うと、ダダッと駆けて来る足音。

そして、紐を巻きつけた男は、

「エイッ」

という、女のかけ声と共に宙を一回転して床に叩《たた》きつけられていたのだった。

「――ママ！」

大谷努は、目を丸くした。

「危なかったね」

と、大谷の母は、パッパッと手を払うと、「私の大事な努ちゃんを絞め殺そうなんて、とんでもない奴だわ」

「そうじゃないよ！　見りゃ分かるだろ。首まわりの寸法を取ってただけじゃないか」

――デパートのワイシャツ売場。大谷の首に巻きついていたのは、巻尺だった……。

「あらそう」

と、大谷の母は動じる様子もなく、「でも、この人の目には殺意があったわ」

「まさか！」

放り投げられた男は、ようやく腰をさすりながら立ち上って、

「あの……ワイシャツは、お求めになりますか？」

と訊《き》いた。

「うん。――三枚もらうよ」

「ありがとうございます！」

なかなか見上げたプロ根性だった。

「ねえ、このポロシャツ、どうかしら」

と、両手にシャツを下げてやって来たのは、大谷の部下兼恋人の香月弓江刑事。

「あら、お母様」

「弓江さん、あなたのセンスはなってないわ」

と、大谷の母は二枚のシャツをチラッと見て、「私にかしなさい」

と、さっさと持って行ってしまう。

「——やれやれ、神出鬼没だよ」

と、大谷はため息をついた。

「いいじゃありませんか。親子ですもの」

と、弓江は微笑《ほほえ》んだ。

もちろん、大谷の母と弓江は強力なライバル同士でもある。

「どうも——ありがとうございます」

と、ワイシャツ売場の男が、三枚のワイシャツを袋へ入れて持って来た。

「あら、こんなに買ったんですか」

「うん……」

「でも、むだにはなりませんものね」

と、弓江は言って、「——あの売場の人、ギックリ腰なのかしら?」

と、首をかしげた。

「どうかね。——せっかく二人で食事しようと思ったのに」

と、大谷は渋い顔。

「いいじゃありませんか。大勢の方が、食事はにぎやかですわ」

「にぎやかすぎるのも、考えもんだよ」

と、大谷が言っていると、

「——ほら、これの方が、努ちゃんにはピッタリよ」

と、大谷の母が戻って来る。

弓江は、ちょっと大谷と顔を見合わせて、

「そうですね。さすがにお母様はお目が高いわ」

と言った。

「そうでしょ?」

大谷の母は得意気に、その二枚のシャツを大谷の体へ当ててみた。——さっき弓江が持って来たのと全く同じものだった。

「――殺し？」

と、大谷は顔を上げた。

「そのようですわ」

レストランで、食事中にかかって来た電話に出て戻って来た弓江は肯《うなず》いて、「すぐ出ましょう」

「仕方ないな」

幸い、メインのステーキは終っていた。

「だめよ！」

と、大谷の母が断固とした調子で、「デザートを取らないと、体に悪いわ」

「ママ、事件なんだよ」

「分かってます。――ちょっと！」

と、大谷の母は大声でウエイターを呼ぶと、「あのね、デザートを持って帰るから、包んでちょうだい。急いで！」

「は、はあ……」

断る間もなく押し切られ、ウエイターは、あわてて駆け戻って行った。

しかし、いくら客の注文とはいえ、アイスクリームを「持ち帰り」にするというのは、至難の業だった……。

結局――パトカーの中で、大谷母子と弓江の三人は、コーンに入れたアイスクリームをなめることになったのだ。

運転している警官が、時々不思議そうにバックミラーを見ていた。

「ちゃんと前を見て運転しなさい！」

と、とたんに大谷の母の声が飛ぶ。「努ちゃんが事故にでもあったら、どうするの！」

「はい！」

警官があわててハンドルを握り直す。

大谷も、この程度のことでは絶望しないようになって来ていた。

「――被害者は、ごく普通のサラリーマンだそうです」

と、先にアイスクリームを食べ終った弓江が言った。

「じゃ、今度は違う犯人かな」

「そうかもしれませんね」

それを聞いた大谷の母が、

「努ちゃん、それはどういうことなの？」

と訊いた。

「あ、いや——こいつはね、まだ捜査本部の中だけの秘密事項なんだよ」

「そう」

大谷の母の顔が、サッとこわばる。「私を信用できないのね。分かったわ」

「ママ——」

「車を停めて。私、その辺の川に身を投げるから」

「ママ、分かってくれよ。これは——」

「警部」

と、弓江が大谷をつついた。「お母様なら、お話ししても大丈夫ですよ」

「うん……。しかし——」

と、大谷はためらっていたが、「分かったよ」

と、肩をすくめた。

「このところ、殺人が三件も続いたんです」

と、弓江が言った。「どれも同じ犯人じゃないか、と——」

「三人も？　何か知り合いの人たち？　それとも一族か」

「いいえ。お互い、全然知らない人たちです」

「じゃ、どうして？」

「初めの内はね」

と、大谷が言った。「別々の事件として、捜査を始めたんだよ。ところが――」

「第一の事件の被害者は十八歳の女の子。大学入試で、念願の第一志望の大学に受かった、その日に殺されたんです」

と弓江が言うと、大谷の母は、

「まあ、運の悪いことね」

と、首を振った。

「二人目は、十年近くも子供のできなかった奥さん。妊娠してる、と病院で告げられて、嬉しさで天にも昇りそうな様子だったそうです。でも、その帰り道に……」

「殺されたの？」

大谷の母が、顔をこわばらせた。「努ちゃん。犯人が捕まったら、私に任せて。殺してやるわ」

「ママ！」

「私も同じ気持ですわ」

と、弓江は言った。「三人目の犠牲者は、会社の社長さん。――長い間、不況で赤字だった会社を、頑張って、やっと黒字にした、そのお祝いの会の帰りに……」

「なるほどね」

と、大谷の母が肯いた。

「分かるだろ、ママ？　三人とも、長い間の『念願』の叶《かな》った、そのときに殺されているんだ。これは偶然じゃない、ってことになってね」

「しかも、現場が割合に近いんです」

「じゃ、はっきりしてるわね。同じ犯人だわ」

「しかし、いくら調べても、その三人が知り合いだった、ってことはないんだよ」

「それなのに、なぜ犯人は、その三人の願いが叶ったのを知っていたか、謎《なぞ》ですわ」

と、弓江は言った。「そして――今日の事件ですけど」

「これは別口かもしれないがね」

「でも、分かりませんわ。何か願いが叶ったのかもしれません。現場はこれまでの三つに近いですし」

「そうだな」

と、大谷は肯いた。「しかし、分からないな。どこにあの三人の接点があるんだろう」

「人間、調べてみれば、意外な趣味があるものよ」

と、大谷の母は言った。

意外な趣味……。弓江は、しかし、女学生と、三十代の主婦、そして六十過ぎの社長——この三人にどんな共通した趣味があるのか、どうしても想像がつかなかった……。


「主人は——人に恨まれるようなことは……。それなのに、どうして……」

未亡人は、もう涙もかれはてた、という様子で、ぼんやりと座っているばかりだった。

「お気の毒です」

大谷としては、そう言うしかない。「中神さんは、今日は早く帰る予定だったんですか？」

「はい」

と、中神佐和子は肯いた。「いつもはもう——帰りは十二時より早いってことはありませんでした」

「お忙しかったんですね」

と、弓江が言った。

中神竜一というのが、被害者の名である。三十九歳。中小企業の係長。――もちろん、高給取りとはとても言えない身分である。

家といっても、まあマッチ箱のような、という言葉がこれほどピッタリ来る所もあるまいという小さなもの。そう新しくもない。

「体をこわすんじゃないかと、いつも心配してました」

と、未亡人の佐和子が言った。「子供もないし、主人が倒れちゃったら、どうしようって……。それがこんなことになるなんて！」

中神竜一は、いつも帰る通り道で、刺し殺されたのである。決して、寄り道していたわけではない。

「もちろん、理由もない通り魔的な犯罪という見方もできるわけですが」

と、大谷は言った。「たとえば――誰かとケンカしていたとか、そんなこともありませんでしたか」

「ええ。――人と争うようなタイプじゃないんです。いつも自分が我慢してしまう人で……。だから、胃が痛い、と言っていましたわ」

「なるほど」

弓江は聞いていて胸が痛んだ。そういう人間っているものだ。いつも苦労を一人でしょっちゃうようなタイプ……。

「一つ、うかがっていいですか」

と、弓江は言った。

「何でしょう?」

「今日は、ご主人、どうして早く帰って来られたんですか」

「ええ……。いつも通り、夜中だったら、殺されずにすんだのかもしれませんね」

と、寂しげに微笑んで、「私が、ささやかだけどお祝いをしようと言ったんです。で、あの人も、それなら今日こそ早く帰って来る、と言って——」

「お祝い、とおっしゃいました?」

弓江は、大谷と顔を見合わせた。「何か、いいことがあったんですか」

中神佐和子はフラッと立ち上ると、食器戸棚の引出しから、何か取り出して来た。

「これですわ」

と、大谷たちの目の前に置いたのは——。

「あの人が、お金をくずすのに、何となく一枚買ったんです。それが――今朝の発表で、百万円当ってたのが分かって」

「宝くじ……」

「百万……」

「こんな家にとっては、夢みたいなお話ですもの。二人とも何回新聞を見直したか。おかげで二人とも手が真黒になってしまいましたわ」

と、佐和子は苦笑した。

やっぱり――いいことがあったのだ。

そして、その日に、中神は殺されている。

一体これはどういうことなのだろう？

「――百万円当ったことを、どなたかに話されましたか？」

「いいえ」

と、佐和子は首を振った。「そんなこと……。人に話すようなこと、するわけがありません。私たちにとっては、夢みたいなお金なんですもの……。二度と手に入らない」

「そうですか……」

「でも――主人がいなくては、もう、この大金も……」

佐和子は、力なくその宝くじを、じっと見つめていた。


「――どうもやり切れないね」

と、大谷が首を振った。

「本当に不運な人たち……」

弓江は、ゆっくりと歩きながら言った。

夜道。――大谷の母は、さすがに先に帰宅していた。

「どうだろう。やっぱり通り魔かな」

「でも、偶然ああいう人たちが狙《ねら》われるなんて、おかしいですわ」

「それは僕もそう思うよ。しかし、他に考えようがあるかい？」

「そうですね……。これが、それぞれ、いいことがあって、何日かして殺されたのなら、まだ考えようがあります。どこかから耳に入るってことも。でも、みんな、その当日ですもの」

「それだ。――妙な事件だなあ」

と、大谷は呟《つぶや》いて、ふと足を止めた。「――待てよ」

「どうかしました?」

と、弓江が振り向く。

「夜道だ」

「え?」

「誰もいないじゃないか」

「ええ。それが――」

「このチャンスを逃す手はない!」

大谷が弓江を抱いてキスした。

もちろん、二人とも、不運なままに殺された人たちに、ちょっと悪いような気がしなくもなかったが、それとこれとは別、と割り切っておくことにしたのである。

「――珍しくお袋から電話がない」

「テレパシーを感じません?」

「まさか」

と、大谷は笑った。

――しかし、すぐに事件のことが、重苦しくのしかかって来て、二人の足取りも、自然重くなる。

「まだ続くんでしょうか」

「どうかな。──今度は一体誰だ？」

大谷は、苦々しく呟いた。

「私、あの大学に合格した女の子、原田房江のこと、当ってみます」

と、弓江は言った。「彼女の性格、生活、好み、学生生活──。全部、洗い出してみますわ。そこから、何かつかめるかもしれません……」

2

「あれか」

と、弓江は呟いた。

ヒョロリとノッポのその男の子は、いやでも目につく存在ではあった。

大学生ではあるが、「男の子」と呼ぶのがいかにもよく似合う、坊ちゃん風のタイプ。

背丈だけは、小柄な弓江に比べると、二十センチは大きかった。

──大学のキャンパス。

その男子学生を捜して、大分歩き回ってしまった弓江は、少し息を切らしていた。

弓江などのイメージでは、大学の中なんていうのは、学生がワイワイ溢《あふ》れていて、何とも雑然とした場所——ベタベタ貼《は》り紙があったり、壁に落書があったりする。しかしここは……。

都心の校舎が古く、狭くなりすぎたせいか、郊外に建て直した新しいキャンパス。

——広くて、緑は多いし、建物は真白で新しいし……。

いかにも爽《さわ》やかではあるけれど、どこかきれいすぎて、活気がないようにも感じられた。

広いから、学生の数が多くても、あちこちにバラバラと数人ずつかたまっている、という感じで、ワーッと集まったエネルギーというものが感じられない。

それに——何しろ都心から遠いのである。私鉄の電車で、ターミナル駅から五十分。そこからバスで三十分。

途中はタヌキでも出そうな山の中、と来ている。

女子学生たちも、せっかくお洒落《しゃれ》をしてもつまらなそうである。——見せる相手がタヌキじゃね。

この広大な、ちょっと見たらゴルフコースかと思うような（は、オーバーか）敷地の中で、一人の学生を捜すというのは、どう考えても大仕事である。

しかも、小学生や中学生と違って、必ずどの講義に出ている、というわけではないのだから。

それでも、何とかあちこちで訊いて回って、やっと見付けたのは……。

「何してんのかしら?」

と、弓江は首をかしげた。

弓江も、もちろん刑事とは名乗っていない。可愛《かわい》いピンクのセーターなど着て、女子大生に扮《ふん》しているのである。小柄で若く見えるから、全く無理がない。

何となく本当に若返ったような気分になって、足取りも軽くなるようだった。もっとも、今は散々歩き回って、大分足取りは重くなっていたが。

その男の子——三上俊哉《みかみとしや》という名のはずである——は、孤独を愛する性質なのか、昼休みが終って、午後の講義が始まっても、外の芝生にぼんやり座っていて、弓江が見付けたとき、ちょうど立ち上って、歩き出したところだった。

後をついて来てみると——三上俊哉は、キャンパスの中でも、まだこれから手が入るという、林の方へやって来た。

そして、太い木の前で、何やら枝を見上げて考え込んでいる風だったが、かかえていた教科書を足下へ置くと、紙袋から何やら紐のようなものを取り出した。

本当のロープらしい。こんな所で、山登りでもあるまいに。

周囲には人っ子一人いない。何もない所だから、誰も来るわけがないのである。弓江は、木の陰に身を寄せて、様子をうかがっていた……。

三上俊哉は、ロープの扱いに苦労しているようだったが、ともかく、何とか丸く輪を作ると、それに首を通した。

「──まさか」

と、弓江は唖然《あぜん》として、三上が、ロープの一方の端を、太い枝に向ってなげつけ、引っかけるのを見ていた。

何度かしくじって、やっとうまく引っかけると、端を木の幹にくりつける。それから、木によじ登って……。

あれはどう見ても──木登りして、遊ぼうとか、ターザンの真似《まね》をしようというんじゃない！　首を吊《つ》る気だ！

「待って！」

弓江が叫んで飛び出す。

それを聞いて、三上がびっくりしたのか、木の幹から手を離した。

「ワッ！」

ロープがピンとのびた――と思うと、丈夫そうに見えた枝が、意外にもろかったのか、メリメリと音をたてて折れてしまったのである。

地面に引っくり返った三上の頭上に、枝が落ちて来た。

「痛い！――助けて！」

と、悲鳴を上げる。

自殺しようって人間にしては情ない声を上げたものだが、弓江が駆けつけて、枝をどけてやると、目をパチクリさせながら、起き上った。

「ああびっくりした！」

「びっくりしたのはこっちよ」

と、弓江が言った。「変なことするんじゃないの！」

「変なことって……」

三上は、ロープを首から外して、「首を吊ろうとしただけじゃないか」

「毎日食後にやってるわけ？」

と、弓江はロープを手に取って、「木をいためたじゃないの」

三上は、ちょっと面食らった様子で、弓江を見ていたが、

「君——何年生?」

と訊いた。

「二年生よ」

一年生、と言いたいのを何とかこらえたのである。やはり二十四の身では、いくらか気がひけたのだ。

「そう……。僕は一年。一浪したから、同じかな」

「そうね。でも、入学早々自殺するっていうのは、どういうわけ？」

「うん……。意味がなくなったんだ」

「何か、失くしもの？」

「そう。——恋人をね」

「振られたのか。いちいち振られる度に死んでたら、世界の人口、半分以下になっちゃうよ」

三上は、不思議そうに弓江を見ていたが、やがて、ふっと微笑んで、

「君は面白い子だね」

と言った。

「あなたもね。——どう？　食堂行ってラーメン食べよ。私、お昼まだなの」

「うん……」

三上は立ち上って、お尻《しり》を払うと、「その枝、どうしよう？」

「放っとくしかないんじゃない？」

「そうだね」

「持ってって、割りばし、作る？」

と、弓江は訊いた。


「じゃ、恋人が殺されたの？」

と、弓江は、はしを持つ手を休めて言った。

「そうなんだ。——房江とは幼なじみでね」

と、三上は言った。「ああ、彼女、原田房江っていうんだ」

「房江さん、ね」

「ずっと小さいころから、大きくなったら結婚しようって……。彼女、僕と一緒に、この大学へ入ろうと必死で勉強したんだ」

「合格したの？」

「うん。——その発表を見た帰り道で、殺された」

「まあひどい」

「可哀そうに……。僕がちょうど風邪でひどい熱を出してね、発表、見に行けなかったんだ。で、彼女、発表見て、すぐ電話かけて来て……。嬉しくて飛び上りそうな声だったよ」

「辛いわね」

「僕が一緒に行ってりゃ、彼女、殺されずにすんだろう。――そう思うと、一人でこの大学へ来てるのが、時々たまらなくなるんだ」

三上の気持、分からないでもない。しかし、弓江としては、辛くても、彼からできるだけ原田房江のことを聞き出さなくてはならないのだ。

「でもね、あなたが死んだって、どうにもならないわよ」

「うん。――そうだな」

「犯人、見付かったの？」

「いや、たぶん通り魔的な犯行だろう、ってことだった。むずかしそうだよ」

三上は、ちょっと唇を歪《ゆが》めて、「警察も、本気で調べてるのかどうか……」

「そんなこともないんじゃない」

と、弓江は、多少後ろめたい気分で言った。

「ともかく、調べてはいても、まるで見当つかないみたいだ。科学捜査だ、機動隊だ、SPだって、大々的にやってるけど、単純な人殺し一人、捕《つか》まえられないんだからな」

　これには、弓江も耳が痛い。

「だけど——どうなの？　房江さんって、誰かに恨まれていたとか、そういうこと、ないの？」

「警察にも訊かれたよ。でも、いくら考えても——少なくとも、僕は思い当らないんだ」

「なるほどね」

　——弓江は考え込んだ。

　考え込みながらも、ラーメンは、しっかり食べている。

　原田房江が、受験の合格発表を見て、その帰り道に殺されている、というのが妙だ。

　つまり、もし彼女が「願いが叶った」ために殺されたのだとしたら、「願いが叶ったこと」を、犯人が知っている必要がある。

　しかし、今の話では、合格を知っていたのは、三上一人ということになるのだ。

「ねえ、三上君——ていったっけ？」

「あなた、その房江さんからの電話を受けたとき、家に一人で寝てたの」

「そうだよ。――お袋はもちろんいたけどね」

「お母さんが？」

「うちはお袋と二人暮しなんだ。だから、彼女も結構大変だった……」

「大変？」

「分かるだろ？　うちのお袋、房江のこと、凄《すご》く嫌ってた」

「分かるわ！」

弓江は、つい力強く（？）肯いていた。

「だから、房江も、何とか同じ大学へ入ろうとして……。家へ来たりすると、お袋が、露骨にいやな顔したからね。――大学で一緒なら、お袋にも何とも言えないだろ」

「そうか」

「だから、彼女、必死で勉強したんだよ。そして合格した……。それなのに……」

三上は、ゆっくりと首を振った。

なるほど、母一人、息子一人。――何となく、三上の横顔は、大谷努に似ているように、弓江は思えた。

「何だい？」

「――大学生活はいかが？」

と、大谷の母が、夕食をとりながら、弓江に言った。

今日は、大谷の母が、

「努ちゃん。歯に、お肉の筋が挟まってるわよ。アーンして」

なんてやっても、別に誰もびっくりしない。

大谷の自宅だからである。

「ええ、本当に若返ったようで楽しいですわ、お母様」

と、弓江は言って、「あ、私、お茶を入れます」

「いいのよ。私と努ちゃんは、いいお茶だから。あなたはお番茶だけど」

「ママ！」

「いいんです。私、質より量ですから」

と、弓江は笑顔で言った。

「ね、そう思ったのよ。努ちゃんのように、いつもいいお茶を飲みなれてる人と一緒になると大変よ」

「ママ、僕も番茶がいい」

と、大谷が言った。

「警部――。でも、三上俊哉が殺したとは思えませんわ」

「うん、そりゃ分かるよ。すると容疑者は……」

と言いかけて、大谷は口をつぐんだ。

一応、弓江の報告は聞いている。

母親が息子を溺愛《できあい》するあまり、息子の恋人を殺したのかも、などと言ったら、大谷の母が何を言い出すか。

「どうなの？」

と、大谷の母が口を開いた。「その男の学生の方に、別の恋人は？」

「いないようです。いれば首を吊ったりしないと思いますわ」

「じゃ、家族は？」

「あの――」

と言いかけて、一瞬ためらい、「母親と二人暮しです」

と言った。

「まあ、母一人、子一人？」

「そうです」

「で、男の子。——これで決りね」

と、大谷の母は肯いた。

「決りって？」

と、大谷が訊く。

「その母親が犯人よ」

これには大谷も弓江もびっくりした。

「母親が？」

「男の子一人、ずっと女手一つで育てて来たら、我が子以上、恋人みたいなものよ」

「はあ……」

と、弓江は口を開いたまま。

「女のねたみ。これは怖いわ」

「そうでしょうね。でも人殺しまで——」

「甘い甘い。その母親にとっちゃ、その子しかいないの。——分かる？　他のことなんか見えなくなるのよ」

「はあ」

「もう、その母親には、世間の目とか常識は通用しなくなるの。息子が自分一人のものでなくなる、と思っただけで、もう堪えられなくなるのよ」

「なるほど」

と、大谷まで感心している！

「息子を奪った、憎い女を、この手で絞め殺してやりたい！」

と、両手を突き出したので、弓江は思わず身をのけぞらせた。

「――そう思うものよ」

と、アッサリ話を結んで、大谷の母は、また食事を続けた。

弓江はホッと息をついて、

「お母様のご意見、とても貴重だと思いますわ」

と言った。

「ありがとう」

大谷の母はニッコリ笑って、「私も、努ちゃんを育てて来たから、よく分かるの」

「ママ――」

「努ちゃんのように、しっかりしたいい子になってくれれば言うことないけど、世の中には、マザコンの男性って結構いるものなのよ」

「そうですか……」

「そう。――弓江さん」

「はい」

「あなたも、よく気を付けてね。そんな男をつかむと悲劇よ」

「はい」

と、弓江は肯くばかりだった……。


「――あれが本気だから、困っちゃうよ」

と、大谷は車で弓江を送りながら言った。

「でも、とてもいいお話でした」

弓江の言葉に、大谷は不安そうになって、

「香月君。――僕のこと、いやになったんじゃないだろうね？」

と訊いた。

「まさか」

弓江は、大谷の肩に頭をのせた。

大谷がホッとしたように、笑顔になる。

「――でも、警部」

「うん？」

「もし、本当に、あの三上の母親がやったとしたら……」

「そうだな」

大谷は肯いて、「当ってみる必要はあるかもしれない」

「確かに、原田房江が合格したことを知ってたのは、三上君と母親だけですから」

「そこだ。しかし、そうなると、他の事件が問題だ」

「そうですね。三上君の母親が、他の人まで殺すとは思えないし」

「君……大丈夫か？」

と、大谷が言った。

「何がですか？」

「いや、大学生になって潜入するのはいいけど……。危ない目にあうといけないから」

「刑事です。危ない目にあって当り前ですわ」

「しかし――」

「ご心配なく」

弓江は素早く大谷の頰《ほお》にキスした。「めったなことじゃ死にませんわ」

「何が何でも、死んでもらっちゃ困る！」

と、大谷が言って、車をわきへ寄せて停めた。

大谷と弓江がしっかりと抱き合って、キスしていると、

「エヘン！」

と咳払《せきばら》い。

「——何だ？」

と、大谷が顔を上げる。

警官が立っていた。

「道ばたで、そういうことは困りますね」

と、にらむ。

「君こそ、困るね」

大谷は身分証を見せて、「今、もう少しでこの女から、有力な証言を手に入れるところだったのに！」

「まあ、刑事だったの！」

と、弓江も調子を合わせる。

「これは——失礼いたしました！」

警官が敬礼する。「あの——何も存じ上げなかったものですから……」

「これからは、アベックでも、やたらとがめ立てしない方がいいね」

「はっ！　以後充分注意して、必ず身分証を見た上で注意するようにいたします！」

「それじゃ、もっと悪い」

と、大谷は苦笑した。「ま、いい。行きたまえ」

「失礼いたします！」

警官があわてて行ってしまうと、弓江が笑って、

「気の毒だわ」

「いいさ。——じゃ有力な証言を、もう一度引き出してみるかな」

大谷は弓江を抱き寄せた——。

「——努ちゃん」

と、突然母親の声がした。

「ママ！」

と、キョロキョロ周囲を見回す。「どこだ？」

「警部。——これですわ」

と、弓江が座席の下から、タイマーつきのラジカセを取り出した。

「努ちゃん。――早く帰ってらっしゃい。――努ちゃん」

と、テープは回り続けていた……。

3

「やあ」

と、三上俊哉が弓江を見て、ホッとしたような顔になる。

「どうしたの？」

弓江は大学生らしく、元気よく喫茶店に入って来ると、椅子《いす》にかけた。「この前よりは少し元気そうになったじゃない」

大学生らしく見えるように、元気よくしなきゃいけないというのが、やはり年齢《とし》の証明なのである。

「――今日、講義には？」

と、三上が訊いた。

「え？」

「捜しに行ったけど、見付からなくて」

「あ、そう。あの——ちょっと寝坊しちゃったのよ」

と、弓江は笑ってごまかした。

講義に出ているわけがない。

「いや、君のおかげで、大分気持が明るくなったよ」

と、三上は言った。

「そう? 良かったわ。——すみません、レモンスカッシュ!」

と、弓江が注文すると、

「レモンスカッシュ……」

と、三上が呟いた。

「え?——何かまずいことでも?」

「いや、そうじゃないんだ。——あの子も、レモンスカッシュをよく飲んでたんだよ」

「そう……」

こりゃ、なかなかこの男の子を立ち直らせるのは容易じゃない、と弓江は思った。

「——僕、考えたんだけど」

「何を?」

「房江を殺した奴がいつまでも捕《つか》まらないからって、クヨクヨしててもしようがない、って」

「そうね」

「自分の手で犯人を見付けてやろうかと思うんだ」

弓江はドキッとした。弓江の方から、そう持ちかけようと思っていたのだ。

「警察は頼りにならないからね。僕の手で、犯人を捕まえてやる」

弓江も、これには参った。——しかし、

「そうね。そうすればきっと房江さんも喜んでくれるわ」

と、微笑んで見せる。

「うん、そうすればきっと、僕も、この悲しみを乗り越えて行けると思うんだ」

「そうね。私も力になるわ」

「本当かい？」

三上が顔を輝かせた。「いや——君に、力になってくれと頼もうと思ってたんだよ。でも、何といっても相手は殺人犯だし、危ないだろ、だから……」

少なくとも、三上よりは大分頼りになるはずである。

「心配しないで。こう見えてもね——」

と、弓江は指をポキッと鳴らして、「逃げ足は早いのよ！」

二人は一緒に笑った。

「――あの日の彼女の行動を再現してみることだわ」

と、弓江は、まず大学の構内へ入って、言った。

「そうだね。そのどこかで、彼女は犯人と会ってる……」

「もちろん現場では会ってるわけだけど、その前にも会っていたとしたら、ここから、現場までの間のどこかだわ」

「合格発表はその建物の前だった」

と、三上は、言った。

「そうね」

と言って、ふと、「三上君」

「え？」

「あなた、熱出して寝てたんでしょ？　どうして知ってるの？」

「あ――そうだね」

と、当人も首をかしげて、「きっと誰かから聞いたんだと思う。彼女の事件で、混乱してたから……」

「そうね」

弓江は、それ以上、訊かなかった。

しかし、もし、三上が自分でここへ見に来ていたとしたら？——房江から電話があったというのは、三上の話なのだ。

しかし、三上に、房江を殺す動機があるだろうか？

調べてみる必要があるわ、と弓江はひそかに考えた。

「どこから、彼女、あなたに電話したのかしら？」

「そう……。確か——駅の近くだ」

「行ってみましょう」

二人は、バスで駅に向った。

バス停から駅まではほんの五、六分。途中の電話というと、喫茶店の中ぐらいしかない。

「店の中じゃなかったな。音楽が流れてなかったよ」

「じゃ、どこかのボックス？」

駅が見えて来た。電車は高架を走っているので、少しうるさい。

「あの音だ。――たぶん、あの駅の近くだろう」

「電話、あるわね。あそこに並んでる」

「うん。たぶんあの辺じゃないかな。話してる途中で、うるさくて、少し聞こえないことがあった」

弓江は肯いて、周囲を見回した。――特に目につくものはない。

「そのまま、真直ぐ電車に乗ったのかしらね?」

「たぶんね」

と、肯いて、「房江は結構バイトして稼いだりしてて、お金にはうるさいんだ。むだづかいはしないと思うよ」

「じゃ、私たちも、電車に乗りましょ」

と、弓江は言った。

――電車はまだ空いていて、ゆっくりと座れた。

「あなた方、同じ駅?」

「うん。近所なんだ。――昔は隣同士だったのさ」

「それで幼なじみ」

「そう。途中で、彼女の方が通り一つ向うへ越してったけど、歩いて十分ぐらいの所だった」

「じゃ、方向も同じなのね」

と、弓江は肯いた。

電車が、カーブにさしかかって、ガクンと揺れる。

ちょうど通りかかった初老の婦人が、よろけて、倒れそうになった。

「あっ！」

と、弓江が立ち上ろうとしたが、それより早く、三上がパッと立って、その婦人を支えていた。

「大丈夫ですか？――座ってた方がいいですよ」

「まあどうも。どうもすみません」

と、老婦人は、しきりに恐縮している。

なかなかいいとこあるわ、と弓江は思った。

「――あれぐらいの年齢《とし》の人、見ると、お袋みたいに思えちゃってね」

と、三上が、少し照れたように言った。

母親か。――そう、母親。

母親が何より大事な息子の合格発表を見に行かない、ということがあるだろうか？

当人が寝込んでいれば、母親が自分で行くだろう。

意地でも、息子の恋人に任せたりはしないだろう……。

三上は、母親から、合格発表のあった場所を聞いていたのではないか。

それを、今は忘れてしまったのか、それとも、忘れたふりをしているのか……。

「香月君」

と、三上が言った。

「え？」

「君って、考え込んでると、凄く大人っぽいね」

「そう？」

と、弓江は可愛く微笑んだ。

「うん。まるで本当の刑事みたい」

弓江はドキッとした……。

その駅に降り立ったのは、もちろんまだ昼間。——弓江は腕時計を見て、

「実際に、房江さんがここに降りたのは何時ごろかしら？」

「たぶん——四時ぐらいじゃないかな」

と、三上は言った。「もう少し早かったかもしれない」

「今三時ね。じゃ、四時まで、どこかで待ちましょう」

「どうして？」

「現場に近付いてるのよ。条件はできるだけ同じようにした方がいいわ」

「なるほど」

三上は感心した様子で、「君って、本当に刑事みたいだなあ」

と言った。

「やめてよ。――ちょうどお昼、抜いて来たから、何か食べましょ」

と、弓江は軽い調子で言った。

二人は、駅前の様子が見渡せる、小さなレストランに入った。

「私、スパゲティ」

と、弓江が注文する。

三上はじっと弓江を見つめていた。

「――顔に何かついてる？」

「あ、いや――ごめん」

三上は急いでカレーライスを注文した。「君、ラーメンとかスパゲティとか、好きなんだね」

「そうね、割合に。どうして？」

「いや……」

と、三上がためらう。

「分かった。原田房江さんもそうだったんでしょ」

「うん。そうなんだ」

アッサリ肯定されて、こりゃいかん、と弓江は思った。

仕事として付き合っているのに、この人、本気になっちゃいそうだ。

「でも、女の子ってたいてい、そんなものが好きよ」

「そう。——そうだね」

と、三上は笑顔を作ったが、あまりうまくは行かなかった……。

のんびり食べていると、もう四時近くになって来る。

「そろそろ行く？」

と、弓江は言って、席から駅前の様子を眺めていたが……。

「どうだい？」

「見て。銀行が全部三時で閉るでしょ。そうすると、ずいぶん感じが変るわ。それに

——」

と言いかけて、弓江は言葉を切った。

「どうかした？」

「もしかすると……」

弓江は立ち上った。

——駅前の、あまり目につかない一角に、易者が店を出していた。

弓江は、その前で足を止めた。

「——いかがかな？」

と、易者は顔を上げた。「何か迷っておられる？　それとも失せ物かな？」

もう五十代も終りぐらいか。深いひげに顔の半分は覆われているが、目はなかなか輝きがあって鋭い。

「いつもここに？」

と、弓江は訊いた。

「はい、たいていはな。気の向かん日は別だが」

「この間、女の子が殺されて、その犯人を捜してるんです」

「女の子？——殺されたとは、また気の毒な。いくつぐらいの？」

「十八歳。今年大学を受けた子で」

「ほう」

と、易者は言って、「待ちなさい。もしかして、合格発表の日に殺された、という

――」

「ええ、よくご存知ね」

「あの子かね」

と、易者は肯いた。「あの子なら、あの前に、私の所へ来たことがある」

弓江と三上は顔を見合わせた。

「ここに？――手相を見てもらいに？」

「迷っているときには、人間、何かに頼りたくなるものだ」

「じゃ、彼女、何を相談しに来たんです？」

と、三上が身を乗り出す。

易者は、三上の顔を眺めて、

「あんたは、あの女の子の恋人かね」

と訊いた。

「そうですけど……」

「あの子が迷っていたのは、あんたのせいだよ」

「僕の？」

三上がギクリとしたように、「どういう意味です？　大学を受ける前の日だった」

「あの子はな、私に、決めてくれと言いに来た。大学を受ける前の日だった」

「前の日」

「受けるべきかどうか。――あの子は、あんたと母親のことで、悩んでいた」

「母のことで？」

「さよう。あんたとの恋を諦《あきら》めるなら、もう大学は受けない方がいい。受けるからには、あんたとの恋を貫きたい。――どっちが進むべき道か、とね」

三上は、目を伏せた。

弓江にも、房江の気持は分かった。

三上の母親の、あまりの敵意に、このまま三上と恋を続けても、幸せになれないかもしれない、と思い詰めたのだろう。

「――で、どう答えたんですか？」

と、弓江は訊いた。

易者は首を振った。

「こんなことで、答えは出せんよ。ただ、私は受けるべきだと思う、と言った。恋とそれは別だ。少なくとも、受けずに逃げては、恋も中途半端なまま。ちゃんと克服した上で、恋に立ち向った方が、悔いが残らんのじゃないか、とね」

弓江は肯いた。

「いいお答えですわ」

「しかし……あのせいで殺されてしまったのかもしれんと思うとね」

と、易者がため息をついた。

「あのせい？——どうしてです？」

「いや——」

易者は、チラッと三上の方を見て、「別に深い意味はない。ともかく、可哀そうなことをしたね」

弓江は、三上を促《うなが》して、

「行きましょう」

と言った。「——あの、おいくら払えば？」

易者は微笑んだ。

「これは占いではないから金はいらん——と言いたいところだが。生活がかかっておるのでね。二千円もいただいておくか」

「分かりました」

弓江は三千円を置くと、「ありがとう」

と、笑顔を見せた。

「――房江が易者に、か」

と歩き出して、三上が言った。

「彼女らしくない？」

「うん……。ともかく、むだなお金、使わない奴だったから。――その房江があの易者に……。よっぽど悩んでたんだ」

「そうね」

「それなのに、僕は何も気付かなかった」

三上は、頭を垂れた。

「また！　そうやって、悔んでばっかりいてもしようがないでしょ」

と、弓江は三上の肩に手をかけた。

三上が足を止める。

「――どうしたの？」

「ここが、現場だ」

そう。弓江も、もちろんそれは知っていた。

ガード下の、薄暗い空間。この中で、原田房江は絞め殺されたのだ。

しかし、今こうして見ると、全く初めて見る場所のように見えて来る。寒々とした、無気味な空間に。

すると──ガードの向うに、人影が見えた。

女だ。それが、こっちへやって来る。

弓江は奇妙な印象を受けた。その人影が、真直ぐ自分へめがけて、見えない矢を射かけているような……。

「──母さん」

と、三上が言った。

ガードを抜けて、その女性は、目の前に立っていた。

「この女は誰？」

と、その女性は言った。

「大学の──友だちだよ」

「香月といいます」

と、弓江は頭を下げた。

「そう。うちの息子にはもっと気品のある方でないとね」

やせて、きつい顔立ちの母親は冷ややかに言った。「お付き合いはいいけど、結婚なんてことは考えないでちょうだい」

「母さん、何も僕は――」

「買物に行くわ。俊哉、一緒に来て」

「でも、僕は――」

「重い荷物を母さんに持たせるの？」

「分かったよ」

と、三上は肩をすくめた。「じゃ、香月君――」

「うん、またね」

歩いて行く母と息子を見送って、フーッと弓江は息をついた。

まるで、見えない刃で切りつけられたような気がしたのだ……。

「そりゃ大変だったね」

と、大谷が言った。

「私、改めて思いましたわ」

と、弓江は言った。

「何を？」

「警部のお母様って、とてもあったかい方だって」

弓江が微笑んだ。

――二人は、遅い夕食を、小さなホテルのレストランで取っていた。

「そうかね」

「ええ！　あの三上俊哉の母親に比べたら、北極とハワイぐらいの違い！」

「お袋が聞いたら、どう言うかな」

と、大谷は笑った。

「人間味というか、あったかさが、かけらもないんですもの。そばにいるだけで、寒くなる感じ」

「それじゃ、原田房江が易者に相談したくなるわけだ」

「ええ。――で、まだあるんです」

弓江はステーキの肉にナイフを入れながら、「その後、一人で駅の方へ戻ってから――」

もう一度、弓江は易者の前に立った。

「おや、さっきは――」

「どうも」

と、弓江は言った。「さっき、まだ何かお話ししたそうだったので、寄ってみたんですけど」

「なるほど」

易者はニヤリと笑って、「その前に、あんた、本当は何者かね？　どう見ても大学生じゃないようだが」

弓江は、ちょっと目をみはって、

「へえ。ばれちゃった」

と、手帳を見せる。

「やっぱりね。そんなことじゃないかと思っとったよ」

と、易者は肯いた。

「さっき、まだ何か言いかけたことがあるんじゃない？」

と、弓江は訊いた。

「うむ。実はな——。例の女の子が相談に来て、終っていなくなると、すぐにやって来た女がいる」

「三上君の母親」

「その通り。で、私に訊いた。『あの娘、何を話しに来たの？』とね」

「何と答えたんですか？」

「私はそりゃ、しがない易者だが、一応、仕事上、客のプライバシーは守らにゃならんことぐらい分かっとる」

と、胸を張った。「だから、適当なことをしゃべっておいた」

「というと？」

「結婚運、金銭運、その他もろもろ、フルコースで見てやったとな」

「母親の方は何か言ってました？」

「半信半疑だったようだな。そう。——ついに金は置いて行かなかった」

「あら、気の毒に」

弓江は、あと二千円追加した。

「なるほど」

と、大谷は肯いた。「三上の母親ってのが怪しいか」

「ええ。一応容疑はかけられると思うんですけど。でも何の証拠もないし、それに……」

「うん。一連の事件との関連だな」

「どれも一つ一つがばらばらの事件だとも考えられます。でも、かなり無理はありますわ」

「同感だな。といって、他の事件も、一向に捜査ははかどってないしな」

「もう少し当ってみますわ」

「そうしてくれ。──君一人にやらせてすまないね」

と、大谷は言った。

「警部……」

二人がテーブルの上で手を取り合う。

あれ？──と弓江は思った。お母様、なぜ出て来ないんだろ？

既に、出て来ないと、もの足りないところまで来てしまったのだから、大谷の母の存在感も大したものである……。

4

「この間は、ごめんよ」

と、三上が言った。

「いいのよ、別に」

と、弓江は肩をすくめた。

「いや……。うちのお袋、いつもあんな風なんだ。僕には優しいけど、こと、女の子のこととなると――」

「母親って、そんなものよ」

ま、程度は問題だけどね、と心の中で付け加える。

「君っていい人だなあ」

と、三上は、ホッとしたように微笑んだ。

「そう？　別にあなたに恋してないからじゃない？　恋してれば、やっぱり平気でいられないわ」

「そうか。――いいような悪いような、だ」

と三上は頭をかいた。

大学からの帰りである。二人は、電車を降りると駅を出た。

「何か、分かったことある？」

と、弓江が訊くと、

「うん……。房江の奴、何十万も貯金してたんだって」

「貯金？」

「うん。房江のお母さんが、手紙で知らせて来た。親にもこっそり、バイト料や小遣い貯めて、僕との結婚のために、使うんだって。——参ったよ」

「立派ね」

「僕はそんなこと、考えもしなかった。だめだなあ」

「これからじゃないの、まだ」

と、弓江は励ました。

「君って大人だなあ」

弓江は、またドキッとした。——この人、結構、私が学生じゃないってことを、知ってるのかもしれないわ……。

ガードの近くまで来たときだった。

「――三上さん！」

と、呼びかけて来た男がいる。

「誰かしら？」

と、弓江が言った。

「さあ……」

駆けて来たのは四十前後の、色の浅黒い男で、

「良かった！　すぐに見付かって」

あれ、と弓江は思った。この声……。

「あ！」

と、弓江は目を丸くして、「易者のおじさん！」

「そうですよ」

と、男は照れくさそうに、「ひげがないと分からないだろうけど」

弓江は、セーターにジーパンという格好の「易者」に、呆《あき》れて見入っていた。

「三上さん、お母さんが大変だよ」

と、その「易者氏」が言った。

「母が？」

「倒れたんだ。救急車で病院に運ばれてね、それで——」

三上が真青になった。

「しっかりして！」

と、弓江は三上の背中を叩いた。「病院は？」

「駅のそばの総合病院」

「分かります」

と、三上は肯いた。「——で、具合はどうなんですか？」

「それは、ともかく行ってみないとね。タクシーで行こう。その方が早い」

と、「易者氏」が促す。

三人は急いでタクシーを拾うと、病院へと急いだ。

「——私が商売を始めようと思って店を広げてるとね」

と、「易者氏」が言った。「あんたのお母さんがみえたんだ」

「母が相談に？」

「そう。——何だかえらく思い詰めているようだった」

「何を相談に行ったんですか？」

「うん……。この娘さんが、あんたとどうなるか、占ってくれ、ということだった」

「で、一応、機械的に、というか、手順通りにやってね。そうしたら、二人でうまく行くと出ちまったんだよ」

「香月さんと僕が？」

「その通りに話したんですか」

と、弓江が言うと、

「仕方ないだろう。それが仕事だ。それに、その返事を聞いてぶっ倒れるとは思わんからね」

と、肩をすくめた。

「じゃ、その場で母は――」

「ショックだったのかな。倒れてしまってね、ひどく苦しそうにしていたので、急いで救急車を呼んだ」

「心臓が、少し弱かったんです」

と、三上は言って、「すみませんでした、迷惑かけて」

「いや、何だか私のせいみたいでね。気になったもんだから」

それきり、三人はあまり口をきかなかった。

病院に着くと、三上は先に中へ駆け込んで行った。

弓江は料金を払って、タクシーを降りると、

「私のこと、知ってるのに」

と、「易者氏」へ言った。

「しかし、ああいう母親には少しショックを与えた方がいいと思ったんだよ」

「それはそうかもしれないけど」

「まさか、心臓が弱かったとはね」

「――ともかく、ご苦労様。後は私が」

「じゃ、よろしく頼むよ。商売に戻るからね」

弓江は、まだずいぶん若々しい易者の後ろ姿を見送って、首を振ると、病院へ入って行った。

――病室を捜し当てると、ちょうど中から、三上が出てきた。

「どう?」

「うん……。一応落ちついてる」

「良かったわね」

「ありがとう」

三上は、目を伏せていた。「ねえ……」

「分かってるわ」

弓江は言った。「私と別れる、って約束したのね」

「そうなんだ」

三上は苦しげに言った。「約束しないと、また心臓に応える、と思って。でも、僕としては――」

「いいのよ」

弓江は、三上の肩に手を置いて、「ただ、一つ、聞いて。あなたの人生はお母さんのものじゃないわ。あなた自身のものよ。――じゃ、元気で」

弓江は病院を出て、歩き出した。

何となく、いやな気分だ。――重苦しく、どこか引っかかるものがあった。

「そうか……」

大谷は肯いた。「するとその母親――」

「やっぱり、殺人犯とは思えません」

と、弓江は言った。「医者とも話しましたけど、心臓は本当に弱いんです。原田房江のような若い娘を絞め殺すのは無理ですわ」

「——でも、そのお母さんも気の毒にね」

と、大谷の母が、食事の仕度をしながら、言った。「弓江さん、ちょっとそのお湯を」

「はい、お母様」

大谷の家で、非番の午後、「昼食会」を催しているところである。

といっても、大谷母子と弓江の三人しかいないが。

「今はきっと幸せでしょうけど」

と、大谷の母が言った。

「ママ、何の話？」

「その三上って人の母親よ」

「幸せ？　入院してるんだよ」

「でも、息子を取り戻したじゃないの」

「そうですね」

と、弓江はため息をついて、「でも、三上君も、当分苦労するわ」

「今は息子を自分一人のものにして、幸せでしょう。願いが叶ってね。でも、長い目で見れば——」

「お母様！」

と、弓江が叫んだ。

「どうした？　何かこげてる？」

「あの母親が危ないわ！」

「何だって？」

と、大谷が目を見はった。

「願いが叶ったんです！　あの母親の願いが――」

「そうか。すると……」

二人は、椅子をけって立ち上った。

「――病院へ電話だ！」

「はい！」

弓江は、電話へと飛びついた。


ガード下で、弓江は待っていた。

必ず、ここを通るはずだ。――間違いなく。

腕時計を見る。三時四十分。

原田房江は、四時より少し前に駅を降りて、ここを通りかかり、犯人と出会ったのだ。

コツコツ……。そう、あの足音が。

──その人影は、弓江に気付くと、足を止めた。

「誰だい？」

「私です」

「やあ、女刑事さんか」

易者の声が、シルエットから聞こえて来た。「これから仕事でね」

「あの日も、今と同じ時間に、ここを通ったんですね」

と、弓江が言った。「原田房江さんと、ここで出会った……」

「私が？」

「そうです。──諦めて。三上さんの母親、助かりましたよ」

相手は沈黙していた。

「酸素を止めたんですね。でも、私が電話をしたので、間一髪、間に合ったんです」

弓江は、首を振って、「もっと早く気が付くべきだったわ。次々に殺された人たちの願いが叶ったことを、なぜ、犯人は知ったのか。──知ったんじゃなくて、殺された人たちが『知らせた』んだってことにね」

易者は、何も言わなかった。

「みんな、あなたに相談し、そして成功した。――大喜びで、真先にあなたに報告したのね。おかげさまで、と……。あなたは、その人たちの後を尾《つ》けて殺した」

「他人のことはよく当てるのにね」

と、易者はいつもの口調で言った。「自分は不運続きだ。少し貯めた金も、株でなくしてしまった。――家族にも逃げられた。他人には、うまく行くように助言して、そして本当にうまく行くのに！」

「房江さんを――」

「あのときは、苛々《いらいら》していたんだ。女に逃げられ、しかも借金だけは、ちゃっかり残して行きやがった。そこへ、あの娘だ。大喜びで、幸せそうだった。カッとなってね……」

「殺すなんて！」

「そう。――しかし、どこかへぶつけたかったのさ。我が身の不幸をね」

易者は、暗がりの中で、ちょっと笑ったようだった。「――二人、三人、とね。またうまく行くんだ。助言が的を射る、というのかね」

「才能があったのかも」

「そうかもしれない。しかし、他人を幸せにして、得るものは何もない。虚《むな》しいもんさ」

「三上さんの母親は？」

「あれも私の助言さ。わざと倒れて入院し、息子をおどせば、女と別れさせられる、と助言してやったんだ」

「うまく行ったわけね」

「そう。——しかし、あんたにはかなわなかった。一つ、予言しておこう」

「何を？」

「あんたは、いい結婚をするよ」

そう言うと、易者は、崩れるように倒れた。

「警部！」

と、弓江は叫んだ。

大谷が駆けつける。

「どうした？」

「分かりません、急に——」

二人は、易者を明るい所へ運び出した。

「毒薬だ。――もう息がないよ」

大谷は、息をついた。「畜生、みごとに退場しやがったな」

「生かしておきたかったわ」

「本当ね」

と、声がした。

「ママ！　危ないよ、こんな所へ」

「いいえ。年寄にはね、危ないものなんて、なくなって来るの。若い人たちこそ、気を付けなくちゃね。――弓江さんも、そう思うでしょ？」

「はい、お母様」

と、弓江は素直に言った。

パトカーが走って来るのが見えて、弓江はそっちの方へと駆け出していった。

深く静かに潜行せよ

1

冷たい風が、夜の中を吹き抜けて行った。

二月。――最も寒い季節である。

「この風じゃ、きっとどこかで雪でも降ってるんだろうな」

と、大谷努警部は言った。

「雪と聞くと、スキーがやりたくなりますよ、僕は」

と言ったのは大谷の部下の一人で、まだ二十四歳という若さの、西村刑事だ。

「羨《うらやま》しいね、若いってことは」

「警部だって、お若いじゃありませんか。それに独身だし。僕なんか、もう女房子供つきですよ」

そう。実際、捜査一課でも目立った存在の大谷努は、三十代半ばにして警部。その敏腕ぶりと、二枚目ぶりは警視庁中に知れ渡っている。スタイルもお腹《なか》など出ていず、警官らしからぬ高級な三つ揃《ぞろ》いなどを、みごとに着こなしてしまう。

どこに出たって怖いものなし（一つを除いてだが）の大谷だったが……。このところ、若い西村と一緒に動く機会もふえて来て、当人は大分落ち込んでいる。

自分だって、若い若いと思っていたのだが、西村は何と十歳も年下。しかも、学生結婚して、子供がもう二歳というのだから！

独身の大谷としては、上司であるという点は別としても、「負けた！」という感じなのである。

「警部、香月さんとお熱い仲だそうですね」

と、西村が言い出した。

「何だい、突然」

「いえ、羨しいと思って。彼女、最高にすてきな人ですよ」

「ありがとう」

大谷は苦笑した。「おい、もう時間だろう?」

「そうですね。あいつは時間にゃ正確ですから」

大谷と西村の二人は、およそ打ち合せには向いていない場所に、もう三十分近くも前から立って、冷たい風に吹かれていた。

工場街。——といっても、町工場、という呼び方がぴったり来るような、小さな工場が軒を連ねている場所である。

それも今は、工場の大半が閉鎖してしまって、たとえ昼間でもゴーストタウンのように寂しい町になっていた。今は夜中の一時。人っ子一人通らなくて当り前の時間だ。

「奴の家族は？」

と、大谷が訊《き》いた。

「年取ったお袋さんが、老人ホームに入ってますよ。ま、当人だって遠からず入りそうな奴ですけどね」

「そりゃそうだな」

と、大谷は笑った。

「うちの女房が時々、食べ物を弁当箱へ詰めて、持ってってやるんです。お袋さん、喜びますよ」

「そうか。そりゃいいことをしてやってるな」

「奴のおかげで、大分こっちは助かってますからね」

——二人が待っている相手というのは、「ハンカチ」というあだ名で知られている男で、この工場街の辺り一帯を縄張りにしている組織の古顔である。

もちろん万年下っ端で、それなりに悪いこともしていたが、他の組織との抗争の巻き添えで家族を失ってから、警察に協力して、色々な情報を流してくれている。

「近々、大きな取引があるらしいですよ」

と、西村が言った。「そのネタを、仕入れて来てくれるはずなんですがね」

「そりゃ楽しみだ。このところ、また覚醒剤《かくせいざい》が派手に出回ってるからな。いくら末端で取り締っても、どうにもならない。根こそぎにしてやらないと」

大谷は、寒さに足踏みをした。「——おい、あれじゃないのか?」

小さな人影が、通りの向うに現れた。

「そうだ。『ハンカチ』の奴ですよ」

その人影は、せわしげに左右をキョロキョロ見渡すと、通りを二人の方へとやって来た。

「やあ、『ハンカチ』」

と、西村が言った。

「どうも」
　大分頭の薄くなったその男。どうして「ハンカチ」というあだ名がついたかという
「どうも」

と、どんなにひどいなりをしている時でも、ハンカチだけは真白な、きれいなのをポケットに入れているというくせがあるからだ。

理由なんか、きっと当人にも分かるまい。

「昨日、女房がお袋さんの所へ行ったよ」

と、西村が言った。「目の具合も悪くないし、風邪もすっかり治っていたらしいよ」

「そうですか！　いや、いつもすみませんね。西村さん」

と、「ハンカチ」が言った。「恩に着ますよ」

「やめてくれよ。こっちからの、ささやかなお礼さ」

西村は気楽に言った。「で、何か分かったかい？」

「ええ。今度は大変ですよ。連中もピリピリしてるし、相当慎重にやらないと……」

「気を付けるよ。あんたは大丈夫かい？」

「俺《おれ》はもう大して重要な人間じゃありませんからね。連中も、目もくれません」

しかし、「ハンカチ」の考えは間違っていたのだ。

車の音に、大谷が気付いた。

「車だ！　危ないぞ！」

西村が真先に動いた。「ハンカチ」を突き飛ばして転がすと、拳銃《けんじゅう》を抜く。だが、その時には、その車がもう目の前に迫っていた。

ガン、ガン、と腹に響くような銃声が聞こえて、西村が体を折った。

大谷は車に向って続けざまに引金を引いた。

車のブレーキが鳴って、タイヤが滑る音。

西村が、地面に崩れるように倒れた。

「おい！　しっかりしろ！」

大谷は西村を抱き起した。

車は、タイヤを鋭くきしませながら、走り去って行った。

「――ど、どうしました？」

と、「ハンカチ」が起き上って来る。

「やられたよ」

と、大谷は言った。

「けがはひどいですか」

大谷は、西村をゆっくりと路上に横たえて立ち上った。手にべっとりと血がこびりついている。

「死んだよ」

と、大谷は言った。「畜生！　何てことだ！」


「どうしたの？」

と、大谷の母が言った。「二人とも、黙りこくって」

——例によって、大谷母子と、香月弓江三人の昼食の場である。

しかし、この日が正に画期的な一日となったのは、大谷の母が、息子と弓江の二人の仲を心配した、という、前代未聞の（？）出来事のせいであった。

昼食の場所は、珍しく、レストランではなく、ソバ屋だった。当然のことながら、大谷の母は、「可愛《かわい》い努ちゃん」のためにお弁当を用意して来ており、その埋め合せに、というのか、弓江ともども、店で一番値段の高い、鍋焼《なべやき》うどんを頼んでいた。

「いいんだ。気にしないでよ、ママ」

と、大谷が言った。

「だって、お弁当もまだ半分しか食べていないし……」

「香月君がね、あんまり分からず屋だから、こういうことになってるのさ」

と、弓江も負けずに言い返した。

「警部こそ分からず屋です！」

「まあ、弓江さん、何てことを言うの、うちの努ちゃんに向って！」

と、大谷の母は目をむいた。「まあ——色々事情はあるでしょうけどね」

本来なら、息子とこの女刑事を別れさせたくて仕方ないはずの大谷の母、二人がいがみ合うのは大歓迎のはずだが、そこが妙なもので、弓江とのやり合いが、適度な「頭の体操」になっているのか、それがなくなるのも何だか寂しい、という気持なのである。

しかし、もちろんそんな気配はおくびにも出さず、あくまで人生の先輩というムードで、

「どんな事情なのか、話してごらんなさい」

と、言った。

「若い部下が殺されたのさ。僕より十歳以上も若くて、奥さんも子供もいる」

大谷はため息をついた。「僕の目の前で、撃ち殺された」

「まあ……。でも、努ちゃんが自分を責めてはいけないわ」

「ですから、その敵《かたき》を討ちたいんです、私」

と、弓江は言った。「それなのに、警部は許して下さらないんですもの」

「君まで殺されたら、僕の立場はどうなる！　いや――クビになったって、僕は構わない。しかし、君に万一のことがあったら僕は……」

「警部！」

二人が手を握り合うのを見て、大谷の母は、ちょっと眉《まゆ》を上げ、

「何だ、結局、ケンカしてるんじゃないんじゃないの」

と、つまらなそうに言った。

「上からね、組織へ誰《だれ》かを潜《もぐ》り込ませろ、っていう指令があったのさ」

と、大谷が言った。「それを香月君がやるというんだ。危険極まりない任務だよ」

「承知です」

と、弓江は肯《うなず》いた。「でも、私、警官ですもの。もちろん無謀なことをするべきじゃありませんけど、任務なら、果さなければ」

「そう。立派な心がけよ」

と、大谷の母は肯いた。「でも、組織って、そんなに簡単に入れるの？　入会金とか、資格とかは？　高いの？」

「ゴルフの会員権じゃないんだよ、ママ」

「──いい機会なんです」

と、弓江が、運ばれて来た鍋焼うどんを食べ始めながら言った。「組織のボスに、ずっと昔に別れた一人娘がいたことが分かったんです」

「娘が？」

「消息不明なんですけど、生きていれば二十二歳。私ならちょうど通用しますわ」

「まあ、ちょうどいいじゃないの」

「そう簡単にゃいかないよ」

と、大谷が首を振って、「偽者とばれたら、まず生きて帰れないんだ。そんなこと、たとえ君でなくても、部下にやらせるわけにいかない」

「警部」

「だめだ」

大谷はきっぱりと言った。

「──分かりました」

弓江は、ため息をついて、「許可が出なければ、やるわけにいきませんわ」

「当然だ」

「その代り──」

「付き合っていただきたいんですけど」

「何だい？」

「まあ、弓江さん」

と、大谷の母が顔をしかめて、「努ちゃんをどこへ連れて行くつもり？　悪い所へ連れてっちゃだめよ」

「ご心配いりませんわ、お母様」

と、弓江は微笑んだ。「何でしたら、ご一緒にいかがです？」


ベッドが病室の片側に五つずつ並んでいる。

午後のゆるやかな陽射しが、一人一人、みんな違う人生をそのしわに刻んだ老人たちに当っていた。

そのベッドの一つの傍に、若い女性が座って、リンゴの皮をむいていた。

弓江たち三人が部屋へ入って来ると、ふと顔を上げ、手を休めて、

「すぐに戻るからね」

と、ベッドの上の老婦人に声をかけておいて、やって来た。「大谷警部さん……」

「君、西村君の……」

「お葬式の時は、ご丁寧に、ありがとうございました」

「いや、そんなことは当然だけど――」

弓江に促《うなが》されて、みんなは廊下へ出た。

「――あれは『ハンカチ』の母親？」

と、大谷が訊いた。

「ええ。息子さんは会いに来られないんで」

「今、保護してるからね。だが君……。ご主人が殺されたのに、まだここへ？」

「あの人も、きっとそうしてほしがっていると思います」

と、西村の妻――いや、未亡人は言った。「もちろん、毎日来ているわけじゃありません。子供も保育園ですし。働かないとやっていけませんから」

「でも、よく……」

と、大谷の母も感心している様子。

「そりゃあ――主人がそのせいで殺されたんですから、こんなことまでしてあげなくてもいいかな、と思うこともあります。でも、あの母親には何の関係もないことですし」

と、西村の未亡人は微笑《ほほえ》んで、「誰の母親っていうんでなく、ただ、寂しい者同士ってことですわ」

振り返って、ベッドの方を見ると、

「あ、私のこと捜してるわ。目がよく見えないので、いなくなると不安なんです。――私に何かご用でしたか？」

「いや」

と、大谷は首を振った。「行ってあげてくれ。君も元気でね」

「ありがとうございます」

――大谷たちは、ホームを出て、車に乗り込んだ。

「警部――」

と、弓江が言った。

「負けたよ」

「え？」

「君のやりたいようにやれ。僕は僕で、力の限り、援助する」

弓江はニッコリ笑って、

「やっぱり、警部って、すばらしい上司ですわ」

「私の教育の成果なのよ。忘れないで」

と、大谷の母が口を挟む。

「もちろんですわ、お母様」

弓江はそう言って、そっと大谷の手を握ったのだった。

2

「社長さんに会いたいんですけど」

と、その若い女は言った。

その場にいた三人の男たちが、顔を見合わせる。——どうにも人相の良くない男ばかりである。

「何の用だよ?」

と、一人が立って、女の方へ歩いて来る。

「あの——だから、会いたいの」

と、女は、オフィスの奥の方へ目をやって、「いるんでしょ、社長さん?」

「お忙しいんだよ、社長は」

と、男は言った。「約束もない女と会ってる暇はねえんだ」

「だけど……。会うぐらい、いいじゃないの」

と、女は口を尖《とが》らして言った。

男っぽく、ジャンパーにジーパンという格好で、くたびれ切ったボストンバッグを下げている。

「俺たちがゆっくり話を聞いてもいいんだぜ」

と、他の二人もやって来て、女を取り囲んだ。

「私が会いたいのは社長さんなの」

と、女の方はくり返す。「案内してくれないのなら、自分で行くわ」

奥へ歩いて行こうとして、ドンと男に突き返される。女は尻《しり》もちをついて、

「キャッ！」

と、声を上げた。

「おい、なめるなよ。裸にむいて放り出してやろうか？」

と、男が凄《すご》む。

「やってごらんなさいよー」

女の方も気が強いのか、キッと男をにらみ返す。

「やめたまえ」

と、穏やかな声がした。

外からのドアを開けて入って来たのは、五十がらみの、インテリらしい男性で、きっちりとスーツを着込んでいた。

「あ、こりゃ先生」

と、男たちが頭を下げる。

「ここはまともなオフィスだよ。そんなヤクザっぽい口ばかりきいていちゃ、社長さんが気を悪くされる」

と、その紳士は言って、「立ちなさい。けがは？」

「――ありがと。大丈夫よ」

と、女は言った。「あんた、『先生』って――お医者さん？」

「いや、そうじゃない。弁護士だよ。深沢というんだ」

「ああ、弁護士さん」

「社長に用だって？　私はこれから会う約束がある。君は何という名だ？」

「江里」

「江里？」

「そう。――パパに会いたくて来たの」

深沢の顔に驚きの表情が広がった。

「すると……君は社長の——」

「娘よ。ママからそう聞いてたの」

「神谷社長の娘さん！——そうか。もう二十二、三にはなっているわけだ」

「パパに会わせてくれる？」

「いいとも！　さ、入りたまえ」

深沢は、江里という娘の肩を軽く叩《たた》いて、奥の方へと連れて行った。

「——社長。失礼しますよ」

ドアを開けて、深沢と江里は中へ入った。

やたら広い社長室、一番奥の馬鹿《ばか》でかい机……。そこに、白髪の老人が座っていた。

「社長、実は——。社長」

机の方へ近付いてみると、肝心の社長は、居眠りをしていた。

「社長。起きて下さい」

深沢に肩を揺さぶられたその老人は、ハッと目を開くと、あわてて立ち上って、

「ど、どこだ、敵は！　夜襲だ！　みんな起きろ！」

と、怒鳴った。

それから社長室の中を見回し、

「――そうか」

と、息をついた。「戦争中じゃなかったんだな……」

「社長。しっかりして下さい」

と、深沢が笑って、「せっかくお嬢さんが会いに来られたっていうのに」

「うん、そうだな……」

神谷社長。――これが、組織のボスといわれる男なのだ。

江里という娘――もちろん正体は弓江である。しかし、何だか調子が狂ってしまっていた。

これが組織のボス？　あまりにイメージが違う。

でも、人は見かけじゃ分からないものなんだから。弓江は改めて、気持を引き締めた。

「何か用事だったのか？」

と、神谷は深沢へ訊いた。

「例の土地の件で、売り値のご相談にと」

「ああ、そうか。――そうだったな」

神谷はメガネをかけ直し、それからやっと弓江に気付いた。「この女は?」

「私、江里よ」

と、弓江は、ごく当り前の感じで、言った。「あなたがパパ?」

神谷は、アングリと口を開けて、弓江を見つめた。

「江里……だって?」

「ママが死んだの。死に際に、あなたのこと教えてくれて――」

「そうか。咲江の奴、死んだのか」

神谷は何度も肯くと、「いい男と見るとすぐフラッとなる女だったが、しかし、根は気のいい、正直な女だった……」

と、しみじみとした口調で言った。

江里の母親が死んだというのは事実である。もっとも、もう二年も前のことになる。娘の江里はそれきり姿を消して、行方が分からなかった。

「よく来たな!」

と、神谷は立ち上ると、弓江の方へ歩み寄って来て、「よく顔を見せてくれ。――うん、母親と目の辺《あた》りがそっくりだ。なあ深沢、そう思わんか」

「さあ、私は咲江さんという方とお会いしていませんので」

「そうだったか？――しかし、この眉毛の辺り、私によく似とる。やっぱり血は争えないな」

「確かにそうですな」

と、深沢は肯いた。「ところで、土地の件ですが――」

「そんなもの、好きに決めとけ」

と、神谷は面倒くさそうに手を振った。「それにしてもこんなひどいなりをして！　おい、深沢。安代の奴に言って、この子にちゃんとした服を揃えてやるんだ」

「かしこまりました」

と、深沢は頭を下げた。「で、お嬢様のお住いの方は……」

「お住いだと！　馬鹿なことを訊くな。私の娘だぞ。私と一緒に暮すに決っとる」

神谷が苛々《いらいら》した様子で言った。「私のマンションに、この子の部屋を一つ用意させろ」

「ですが、今のところ空部屋はございませんが……」

「空けろ。一つぐらい今日中に追い出しちまえ」

「かしこまりました」

「いや、よく会いに来てくれた！　私の所へ来たからには、二度と不自由な思いはさせんからな。——江里、『パパ』と呼んでみてくれ」

「パパ……」

「うん！　いい響きだ。——おい、今日はもう帰るぞ。車を回してくれ」

「では、すぐに」

深沢が、社長室を出て行く。

「——いや、苦労したろうな。すまなかった」

神谷は、しっかりと弓江の肩を抱いて、「お前のことは一日たりとも忘れたことはなかったぞ！」

「はあ……」

弓江は、神谷が泣いているのを見て、びっくりした。

これが本当に恐るべき組織のボスなのかしら？　でも——まさか人違いってこともないだろう。

「さ、一緒に家に行こう」

と、神谷は涙をこすって、「いや、家に帰るんだ。そうだとも。お前の家なんだからな！」

弓江は、神谷に固く肩を抱かれて、社長室を出た。さっきの用心棒らしい男たち三人が、ピッと直立不動の姿勢で並んでいる。

「おい、これは私の娘だ。よく面倒をみてやってくれよ」

と、神谷が言った。

「はい！」

三人が一斉に答えた。「ボスのお嬢様に向って、敬礼！」

弓江は反射的に敬礼を返しそうになって、あわてて手をギュッと体へ押し付けたのだった。


「――本当にきれいな人ね」

と、ニコニコしながら食事の用意をしてくれているのは、四十代も半ばという感じの、人の好さそうなおばさんだった。

神谷が「安代」と呼んでいる女性で、妻というわけではないらしい。「愛人」と「お手伝いさん」の中間といったところなのだろうか。

「私――本当にもうお腹《なか》一杯だから」

と、弓江は息をついた。

「そう？　育ち盛りの時は、うんと食べなきゃだめよ」

育ち盛りって年齢でもない弓江は、本当にもう満腹だった。

「——あの、パパは？」

と、弓江は訊いた。

「お仕事よ。忙しいから、こんな時間まで、いつも働いてるわ」

と、安代は言った。「本当にもういいの？　じゃ、デザートにしましょうよ」

——ギャングのボスの根城にしちゃ、ささやかなマンションだった。

いや、世間並の水準から言えば、広いし、豪華なマンションってことになるのだろうが、弓江はもっと要塞《ようさい》みたいな、機関銃を持った男たちが出入口を固めている場所を想像していたのである。

まあ、世の中、往々にしてイメージと実像は違っているものだが、それにしても、何の変哲もないマンションで、下の受付にも、ちょっと仏頂面をした老人が座っているだけ。

弓江としては大いに調子が狂ってしまうのである。

もちろん、今は「アンタッチャブル」の時代じゃないのだし、マフィアでもないのだから、いきなり機関銃でバリバリとやられる、なんてことはないのだろうが、それにしても……。

大体、弓江のことを果して本物なのかどうか、調べもしないで、話をうのみにしているのが意外だった。相当に調べられるのを覚悟して、弓江は、実際の江里や、母親の咲江という女のことを、分かっている限り、全部暗記して来た。

二人が住んだという場所も歩いてみた。その近くのスーパーや、喫茶店の名前まで頭に入れて来た。

しかし――神谷は、弓江の話をまるで怪しんでいない様子なのだ。

それとも、こっそり調べさせているのだろうか？　弓江が油断したところへ、偽者という証拠を突きつけて、コンクリート詰めにして海へ放り込もうとでも……。

ま、いずれにしても、充分に用心するに越したことはない。

「仕事って、どこへ行ってるの、パパ？」

と、弓江は安代に訊いてみた。

「さあね。男の仕事には口を出すな、と言って、何も教えてくれないのよ」

と、安代は笑った。

昼間の様子じゃ、大した仕事をしているとも思えないが。

「――さ、今日からはここがあなたの家よ。ゆっくり休んでね」

と、安代が案内してくれたのは、同じマンションの一室。１ＬＤＫの、こぢんまりした造りだが、独立した一戸になっている。

「あの人がね、『江里も二十二歳にもなれば、男の一人や二人、できるだろうし、その時、いちいち親に気がねして外で逢《あ》ったりするんじゃ、可哀そうだ』と言って……。じゃ、おやすみなさい」

「おやすみ。――どうも」

弓江は一人になると、「参ったな」

と、呟《つぶや》いた。

あの神谷という男、どこまで本気なのか。こうまでされると、却《かえ》って馬鹿にされているような気になる。

「そう……。油断は禁物」

弓江は、そう呟くと、部屋の中を見て回った。

TVカメラらしきものは見当らない。隠しマイクは？

今の隠しマイクは精巧に作られていて、よほどよく捜さないと見付からないのだが、見付けたことが相手に分かってもまずい。弓江がただ者でないことがばれてしまう。

あまり音をたてないように、TVをつけて、音楽を少し大きめに流しておいてから、捜しにかかる。

居間、台所、食堂と捜して、バスルーム。——見当らない。

すると、神谷は本当に弓江を自分の娘と信じているのだろうか？

しかし、あの深沢という弁護士は油断できない、と弓江は思った。なかなか抜け目のない男だ。

弓江のことも、あの深沢はきっと疑ってかかるに違いない。

用心第一……。

ともかく、今夜のところは眠ろう。——いくら用心するといっても、人間、大胆さも必要なのだから。

満腹感と、まずは無事に潜入したという安心感もあって、弓江は風呂《ふろ》に入って、ベッドへ潜り込むと、たちまちぐっすりと寝入ってしまった……。


「いらっしゃいませ」

弓江は、通りすがりのマクドナルドにフラッと入ってみた、という様子で二階へ上ると、席についた。

盆にのせたチーズバーガーとコーヒーで、軽い昼食——といっても、朝昼兼用だったが——を済ませていると、

「エヘン」

と、すぐ後ろで咳払《せきばら》い。

弓江は、ちょっとまずいな、と思った。

ここで大谷と待ち合わせているのである。もちろん、まともに会って、

「やあ」

「どうも」

ってわけにはいかないので、背中合せの席で、ひそかに情報のやりとりをしようと
いうわけだ。

ところが、その肝心の後ろの席に、どこかのおばさんらしい人が……。

「エヘン」

ん?——今の咳払いは?

「お母様!」

と、弓江がびっくりして言った。

「大きな声を出さないで。——誰かが見張ってたら、ばれちゃいますよ」

と、大谷の母は言った。

「お母様が、警部の代りに?」

「あなたは不満でしょうけど、この方が安全だと思ったもんですからね」

「いえ、不満だなんて……。警部はお変りありません？」

「努ちゃんのことはどうでもいいわ。あなたの方は？」

「あ、そうでしたね。——あの、順調ですわ」

と、弓江はあまり口を動かさずに言った。「深沢という、神谷の弁護士を調べてほしいと伝えて下さい」

「深沢ね。分かったわ」

と、大谷の母は言った。「でも、弓江さん」

「はあ」

「このハンバーガーっていうの、どこがおいしいの？」

「あの……お母様」

「何か努ちゃんに伝言は？」

「はい。どうも、神谷という男は、本物のボスじゃないようです。形だけまつり上げられている感じで、実際に組織を動かしている男は別にいるらしいですわ」

「なるほどね」

「何とか、探り出してご連絡します。また、三日したらここへ」

「分かりました。――今度は努ちゃんに来てもらいましょうか?」

「いえ」

と、弓江は言った。「お母様においでいただいた方が」

「あなたも大分うまくなったわね」

と、大谷の母は言って、「さて、先に出るわ」

「はい」

大谷の母は、盆を手に立ち上ると、

「気を付けてね、弓江さん」

と、言った。「今二階へ上ってきたの、普通の主婦じゃないわよ」

大谷の母が、盆をカウンターへ出して、階段を下りて行く。

その女は、空席を見付けて座ると、週刊誌を読みながら、食べ始めた。

弓江の方を見るわけでもない。しかし、全く見ないのも妙なものだ。

弓江は、そっと観察して、なぜその女が、普通の主婦でないか、やっと分かった。

すぐわきの椅子《いす》に、買物して来たスーパーのビニール袋を置いているのだが、そこに見えているのは、冷凍食品なのだ。

のんびりお昼を食べていては、せっかくの冷凍食品がとけてしまう。食べるにしても手早く食べて行くのが普通で、あんな風にのんびりと週刊誌を見たりはしないだろう。

弓江は、わざと一旦《いったん》立ち上って、帰るようなふりをした。その女があわててハンバーガーを口へ詰め込む。

弓江はもう一杯コーヒーをもらって来て、また席についた。——女は、またゆっくりと飲み物に口をつけた。

間違いない。弓江のことを見張っているのだ。

問題は、ただ単に疑われているだけなのか、それとも偽者とばれているのか、ということだが……。

もし偽者と分かったのなら、のんびり尾行なんかしていないだろう。夜中にでも、どこかへ連れ出して、アッサリ消してしまえばいいのだから。

もう少し、図々しく構えていよう。

弓江はそう決心して、のんびりと二杯目のコーヒーを飲み始めた。

3

「どこへ行くの、パパ？」

と、弓江は訊いた。

「まあ、黙ってついといで」

と、神谷は微笑んで肯いた。

弓江は妙な不安を感じていた。——確かに、これまでなかったことである。

夜中の十二時からどこかへ出かけようと言い出したのだ。しかも神谷の様子も、いつもとはどこか違っているように見える。

二人を乗せた車は——重々しい、大きな外車だったが——深夜の町を抜けて、郊外へと向っていた。もちろん運転しているのは神谷ではない。

専属らしい運転手、そして助手席には、初め弓江が社長室を訪ねた時に会った用心棒の一人が座っていた。

「——何だか寂しい所に行くのね」

窓の外に、ほとんど町の灯が見えなくなって来ている。弓江はチラッと、思った。

もしかしたら、偽者とばれて、消されるのかしら？　山の中にでも埋められるか、湖に投げ込まれるか……。

でも、そんな仕事に、いちいち神谷がついて来るだろうか。

「私の別荘があるんだよ」

と、神谷は言った。

「別荘？」

「そうだ。そこでちょっとした集まりがある。そこへお前を連れて行こうと思ってな」

「へえ。パーティみたいなもん？」

「それほど面白くないかもしれん」

と、神谷は笑った。「しかし、お前にもぜひ出ておいてほしいのだ」

「ふーん。何だか分かんないけど、パパがそう言うのなら」

弓江は肩をすくめた。――しかし、何かが起りそうだという予感で、胸は高鳴り始めていた。いいことか悪いことかは分からないにしても……。

弓江が神谷のもとで暮すようになって、半月たつ。今のところは、毎日、遊んで暮しているようなものだった。

用心して見ていると、必ず外出には尾行がついていたが、決してその尾行の仕方は上出来とはいえず、ちょっと工夫すれば大谷と連絡を取るのは難しくなかった。

大谷の方では、例の「ハンカチ」という男を保護しながら、できる限りの情報を仕入れようとしていたらしいが……。

「——少し前から、『ハンカチ』の奴は、怪しまれていたんだな」

と、昼間、外出先で電話をかけた時、大谷は言っていた。

「じゃ、彼の情報は、あまり役に立たないんですね」

「全く、というわけじゃないがね。今では、当然向うも何もかも変えてしまっているだろう。会合場所、連絡の方法もね」

「そうですね。もう少し待って下さい。何とか探り出しますから」

と、弓江は言った。

「分かってる。無理をしないでくれよ」

と、大谷は心配そうに、「いいかい。少しでもおかしいと思ったら、どこかの交番へ飛び込んで保護を求めるんだ。君は何の武器も持っていないんだから」

「ご心配いりませんわ」

と、弓江はいつもの明るい口調で言った。「私、警部と結婚するまでは、何があっても死にません！」

「その意気だ」

と、大谷は笑って言った。「ああ、それから、深沢という弁護士だが、かなり悪い奴らしい。いくつも会社を経営していて、それを抜け道に、不正な礼金を、申告せずに受け取っている様子だ。しかし、なかなか切れる男らしいから、用心した方がいいよ」

「分かりました」

「で――何か不自由なことはないのかい？」

「何も。ともかく遊んで食べて寝て。すっかり太っちゃいましたわ」

と、弓江は言った。「ギャングの中に潜入して太る人って、私ぐらいかもしれませんね」

「――あそこだ」

と、神谷が言った。

車は山道をゆっくりと上っていた。ずっと先の高みに、ポツンと小さな灯が見えている。

何が待っているのだろう？――弓江は、ちょっと緊張した。

そうのんびりしてはいられないのだ。

あの「ハンカチ」が言っていた、かなり大きな取引が、もう間近に迫っているはずだったのだ。

「ハンカチ」の裏切りが分かっても、国内の組織ではあれこれ変えられるが、外との取引となると、相手の事情もあり、そう日取りを変更するわけにはいかない。

多少はのばしてみたところで、おそらくこの一、二週間の内には、取引が行なわれる可能性が大きかった。弓江も何とかそれまでには、もう少し組織の核心に近付いておきたかったのだが……。

「――さあ着いた」

と、神谷が言った。

ドアが開けられて、外へ出た弓江はびっくりした。

堂々とした洋館は、とても別荘という印象ではない。そして、その前にズラッと並んだ大きな外車の列。

少なくとも、十五、六人の人間が集まっているはずだ。――何事だろう？

「さ、おいで」

神谷に促されて、弓江は歩き出した。

「凄い車ばっかりね」

と、わざと目を丸くして、「外車のショーか何か？」

「そんなところかな」

と、神谷は笑った。

建物の中に入ると、正面の大きな両開きのドアがスッと開く。

ガタガタ、と音がした。――大広間、という感じの、天井の高い、広い部屋に、大きなテーブルが置かれ、それを囲んだ男たちが一斉に立ち上ったのである。

「――社長がおいでになりました」

と、言ったのは深沢だった。

男たちが拍手する。神谷は、ちょっと手を上げて見せた。

弓江は、信じられない思いで、その光景を眺めていた。――弓江も顔を知っている男が三、四人いる。どれも、大きな暴力団や麻薬の密売に係わっていると疑われているボスたちだ。

おそらく他の面々も……。

「座ってくれ」

と、神谷は言った。

神谷と、弓江だけが立っている。弓江は、全員の視線が自分に集まっていることを感じていた。

「諸君に、私の娘を紹介したい」

と、神谷は言った。「長いこと、行方が知れなかったが、やっと私の手もとに戻って来た。——娘の江里だ」

拍手が起った。弓江は、軽く頭を下げた。

「座ろう」

と、神谷は促した。

弓江の席も、ちゃんと用意してあったのだ。

「——では、社長から、まず一言」

と、深沢が言った。

どうやら司会者という立場らしい。

「長いこと、私もこの地位にいた」

と、神谷は言った。「しかし、もう年齢《とし》だ。——引退は、それを自分で決められる内にやるべきだろう」

「社長はまだお元気ですよ」

と、一人が言った。

「ありがとう。しかし、自分のことは自分が一番よく知っている」

と、神谷が肯いた。「私の悩みは、あとを継いでくれる息子がないことだった。しかし、天の配慮とでも言うか、今、こうして私の娘が戻ってくれた」

ポンと肩を叩かれて、弓江はギクリとした。

「今度の仕事は大きい。この半年分の利益が、今度の取引一つにかかっている。私は――」

神谷は、全員の顔を見回して、「この取引が無事に済んだら、引退したいと思っている」

ちょっとテーブルがざわついた。誰も口を開いたわけではないのだが、気配というやつだ。

「後のことは」

と、神谷は続けて、「君らが相談して決めることだ。しかし、やはりトップには『象徴』というものが必要だと私は思う。――どうかね?」

「同感です」

と、深沢が答えると、他の面々も、黙って肯いた。

「では、私は推薦しておきたい」

と、神谷は言って、弓江の肩に手を置いたまま、「この組織のボスの座をこの江里につがせたいと思う」

――拍手が起った。

弓江は、それこそ驚きのあまり、言葉もなかった。

「あ、あの――パパ、これは――」

「お前は、黙っていればいい」

と、神谷はニヤリと笑って「血は水よりも濃し、だ。お前にも私と同じ素質が、必ずある」

「ええ……」

私がボス？――こんな話、聞いたことないわ！

「――どうした？」

と、神谷が訊いた。「食欲がないのか」

「別に」

と、弓江は首を振った。

一流のレストランである。食事もおいしい。

それに、珍しく（？）今日は昼もあまり食べていなかったので、空腹のはずである。

しかし——やっぱり、弓江は食事があまり喉《のど》を通らなかった。

「不安なのか。まあ、それも無理はない」

と、神谷は肯いて、「しかし、心配することはないさ。指導者というものは、九十パーセントは素質だ。自分は無理だと思っていても、いざやってみれば、能力というやつが目ざめて来るものだ」

「だけど……。いくら何でもあんな凄い人たちを——」

確かに、凄い顔ぶれだった。

そのあと、一人一人、紹介してもらったメンバーたちは、どれもが折り紙つきの「大物」で、弓江など、名前しか聞いたことのないような、「超大物」も何人か加わっていた。

その後で、次の「取引」について、話し合いがあった。

弓江は——もちろん、神谷の隣に座って、全部の話を聞いていた。

大規模な麻薬の密輸。凄い量だ。末端の価格にすれば、億の単位を超えて、「兆」へ行きつくかもしれない。

その陸揚げの場所、日時。人員の手配。——総《すべ》て、弓江の頭の中に入っている。

何とかして探り出そうとしていたものが、向うの方から、転り込んで来てくれた。

今でも、弓江はゆうべこの目で見て、耳で聞いたことが、夢じゃないかと思うほどだった。

まだ大谷には連絡していない。ずっと神谷と一緒だったからだ。

しかし、実行の日まではまだ十日あり、明日にはまた、大谷の母と接触することになっていた。その時、何とかしてメモを渡すことができるだろう。

電話を家からかけるのは、危険すぎる。

「お前は何も心配する必要はない」

と、神谷が微笑んで言った。「我々は結束が固い。みんなで、お前を盛り立ててくれるよ」

「そうね、パパ」

と、弓江も肯いて、微笑んで見せた。「——もう沢山！　何か冷たいものがほしいわ」

「じゃ、デザートを頼もう」

弓江が、ウェイターの姿を捜して、店の中を見回した。それが、弓江と神谷の命を救ったのだ。

コートを着た二人の男が、店の中へ入って来て、弓江たちのテーブルの方へとやって来ようとしていた。

客なら、コートは入口で預けるはずだ。

「パパ、危ない！」

弓江は、思い切ってテーブルを引っくり返した。そして、神谷を床へ押し倒す。

ダダダ、と弾《はじ》けるような音がして、頭の上で、銃弾が炸裂《さくれつ》した。悲鳴が上る。

「床へ這《は》って！」

と、弓江は怒鳴った。

隣のテーブルの下へ、弓江と神谷は潜り込んだ。——機関銃の音が、さらに店内に鳴り渡って、シャンデリアや、グラスや皿が砕ける音がした。

「逃げろ！」

と、一声。

二人の男は、店から駆け出して行ってしまった。

「パパ……。パパ、大丈夫?」

弓江は、やっと起き上って、息をついた。こぼれたシャンパンが頭からかかって、冷たい。

「うむ……。何とか生きとる」

神谷も、モゾモゾと動いて、「いや——しかし、派手だったな!」

「呑気《のんき》なこと言って!」

と、弓江は苦笑した。「けがは? ない? じゃ、立って」

「ああ……」

「滑るわよ、下が」

立ち上ってみると、店の中はひどい状態になっていた。

やっと店の人間がこわごわ顔を出し始める。

「早く、けが人がないか調べなさいよ!」

と、苛々した弓江が怒鳴ると、

「はい!」

と、あわてて、床に伏せたり、頭をかかえてうずくまっている客たちへと駆け寄って行く。

「――お前は、やっぱり大したもんだ」

と、神谷は言った。「私のあとを継ぐ資格は充分にあるよ」

「パパったら……。呑気なこと言って。殺されかけたのよ」

「分かっとるとも。これでこそ、生活に張り合いがあるってものだ」

と、神谷は楽しげに言った。

弓江は呆《あき》れてしまった。――私なら、やっぱり、組織のボスなんてごめんだわ。

4

頭を洗ったりしていたら、すっかり長風呂になってしまった。

弓江は、風呂から上ると、バスローブを着て、鏡の前で、濡《ぬ》れた髪を拭《ぬぐ》った。

今夜の騒ぎで、たぶん大谷が心配するだろう。しかし、今、手を引けば、肝心の取引だって中止になるかもしれない。

ここまで来たのだ。どんなに危険でも、やりぬく他はなかった。

神谷を狙《ねら》ったのは誰だろう？　もちろん、こんな立場にいれば、敵がいるのは不思議でもないが。

本当なら、今夜の騒ぎにかこつけて、大谷と連絡が取りたかったのだが、神谷のことが気になって、それはできなかった。まあ、何とか明日中には……。

バスローブのままで、バスルームを出た弓江は、ピタリと足を止めた。

「やあ」

と、深沢が言った。「お待ちしてたよ」

深沢の手には拳銃があった。どう見ても、モデルガンではない。

「何かご用?」

と、弓江は言った。

「まあね」

深沢は、薄笑いを浮かべていた。――冷酷な笑いだ。

「パパを狙ったのは、あなた?」

と、弓江は訊いた。「そうなのね?」

「パパ、か」

と、深沢は笑って、「私はね、君が本当に神谷社長の娘かどうか、疑問だと思っているんだ」

「そう。それは勝手よ」

「いずれにしろ、神谷社長の時代は、もう終るところだった」

深沢が、「おい、出て来い」

と、声をかけると、ドアが開いた。

あの用心棒たち、三人が入って来た。一人が、神谷を肩にかついでいる。

「殺したの！」

と、弓江は深沢を見た。

「いや、薬で眠っているだけだ。――おい、そこへ置け」

神谷はぐったりとして、意識がない様子で、ソファに横たえられた。

「君にチャンスをやろう」

と、深沢は言った。

「チャンス？」

「君が、次のボスになるためのテスト、というところかな。――これで、神谷を撃ち殺すんだ」

と、拳銃を弓江の方へ差し出した。

「何ですって？　パパを殺せって言うの？」

「ボスになる人間は、それぐらいのことができなきゃね。そうしたら、私も君を、確かに神谷の娘だと認めて、ボスの位につけてもいい」

「馬鹿言わないで！」

「それなら、私がやる。——どうする？」

弓江は、しばらく深沢をにらんでいたが、手をのばして、拳銃を取った。

三人の用心棒たちが、手に手に銃を持って、弓江に銃口を向けている。逃げるわけにはいかなかった。

「さあ、どうぞ」

と、深沢は言った。

「パパを撃つなんて……」

「できない？——しかし、現実的に考えることだ」

と、深沢は、ニヤリと笑って、「拒《こば》めば君も社長もここで死ぬ。ボスの座は、誰か他の人間が継ぐことになる」

「誰が？」

「さあ、それは君の知ったことじゃない」

と、深沢は首を振って、「もし君がここで神谷を撃ち殺せば、君は命も助かり、ボスとして、君臨できるというわけだ」

「そんなの――」

弓江は肩をすくめた。「あんたの言葉を信じろって言うの？」

「どっちでも構わんよ」

と、深沢は楽しげに言った。「君には選ぶ道は一つしかない。分かるかね？」

弓江はゆっくりと息をついた。

三人の用心棒を相手に、撃ち合っても勝てるわけがない。

神谷は、いとも平和な顔で眠っていた。

弓江は、深沢から渡された拳銃を、しっかり握り直すと、ソファの方へと近寄って行った。

手を真直ぐにのばし、銃口を神谷へ向ける。――引金に指がかかる。

こんな事態だって、当然予想できたはずだった。しかし――どうする？

無抵抗の神谷を撃てば、いくら任務とはいえ、罪になる。しかし、この男が組織のボスとして、大勢の人間を殺し、麻薬で廃人同様にして来たのだ。

殺したって、大して惜しい人間じゃない。そうなんだ。

この男を殺して、ボスの座につけるのなら……。それこそ組織を壊滅させることだってできる。

そう。——やるべきだ。

引金を引けば、この老人は、安らかにあの世へ行く。

弓江は大きく息を吸い込んで、引金にかけた指へ、力を入れようとした……。

——銃口が、下がる。

「どうしたね」

と、深沢が言った。「できないか」

「だめだわ」

と、弓江は首を振った。「私には撃てない」

「そうか。——香月弓江刑事さん」

弓江は、深沢を見た。

「知らないと思っていたのかね」

「分かってたのなら、なぜ今まで放っておいたの？」

「調べるのにも多少手間取った。それに、君が刑事で、社長がそれに気付かずにいた、となれば、社長は当然ボスの座から追われることになる」

「汚ないわね！」

「この老人を騙《だま》した君のやり口も、あまりきれいとは言えないと思うがね」

と、深沢は言った。「ああ、その拳銃は、断っておくが神谷社長の物でね。いつも弾丸は入っていない」

弓江は、唇をかんだ。——絶体絶命、というところだ。

「昨日、社長が君のことを組織の連中に紹介したので、こっちとしても、手っ取り早く片付けるしかなくなった。——また、形だけのボスだったが、神谷も、人は悪くなかったし、みんなに慕われてもいた」

「実際には誰がボスだったの？　あなた？」

「いや」

と、深沢は首を振って、「私がボスなら、君のことは殺さずに生かしておいて、可愛がってやるんだがね」

「誰があんたなんかに！」

「気が強い女は私の好みだ」

と、深沢が笑って言った時、ドアが開いた。「ああ。——紹介しよう。この人が、実際上の組織のボスだったのさ」

入って来たのは、安代だった。

「——あなたが！」

弓江は目を丸くして言った。

「そう。神谷を手伝っている内に、段々、私の方がこういう仕事に向いていると分かって来たのよ」

と、安代は肯いて言った。「神谷は、気の弱い、優しい男だからね」

いつもと同じ、穏やかな笑顔で、それが却って恐ろしかった。

「どうします?」

と、深沢が訊いた。

「消すしかないわよ」

と、安代はアッサリと言った。

「分かるだろう?」

と、深沢は笑って弓江に言った。「この人は、消すのが好きな人なんだ」

「そう簡単に消されやしないわ」

と、弓江は言った。「私がここにいることは、ちゃんと警察で承知してるんだから」

「その辺は考えてるわよ」

と、安代が言った。「神谷と、あんたの心中ってのはどう?」

「何ですって?」

「神谷があんたを女として愛してしまった。それで、あんたに拒まれて、無理心中」

「なるほど。そりゃ面白い」

と、深沢が肯く。

「神谷があんたを絞め殺し、ピストルで自殺するって筋書。それなら、誰も怪しまないと思うけどね」

安代は楽しげに言った。「ちょうどあんたはバスローブだけの裸らしいし、状況はピッタリだよ」

「奥さんは正に天才ですな」

と、深沢が言った。

「私もそう思うわ。――私が正式にボスになったら、あんたも、もっと実入りのいい仕事が回るようになるわ」

「ありがたいお話で」

「じゃ、かかろうか」

と、安代が言った。「その女を押えつけて、神谷の手を添えて絞め殺すんだよ」

ニワトリじゃあるまいし、そう簡単にしめられちゃかなわない！

しかし、三人の用心棒が相手では、いくら弓江でも、かなわない。――さすがにジワッと冷汗が浮いて来た。

その時、玄関のチャイムが鳴り出した。深沢と安代が顔を見合わせる。

「放っときましょう」

と、深沢が言ったが、チャイムがまたしつこく鳴った。

「待ってなさい」

安代は立ち上って、インタホンのボタンを押した。「——どちら様ですか」

「あの、お届け物なんですけど、お隣に。お留守なので、預かっていただけませんか？」

「はい、ちょっと待って下さい。——主婦のアルバイトだわ」

弓江は、用心棒たちの様子をうかがっていた。あのインタホンの声は、大谷の母だ！

安代が玄関の方へ出て行く。

「——すみません、どうも」

「いいえ、お互い様ですものね。——あ、ここにサインをね……」

——数秒の沈黙。

ドアの閉る音がした。

「すみましたか」

と、深沢が振り向くと、

「まだこれからよ」

と、入って来たのは、大谷の母だった。

弓江は、手にしていた神谷の拳銃で、力一杯、用心棒の一人の頭を殴りつけた。

ガッ、と骨に当る音がして、物も言わずに引っくり返る。

「警察だ！」

大谷が飛び込んで来た。続いて刑事たち。

深沢がパッと立ち上ると、倒れた用心棒の拳銃を拾い上げ、大谷に向けて狙いをつける。

無意識の内に、弓江は手にしていた拳銃の引金を引いていた。——バン、と耳を打つ銃声。

深沢がゆっくりと床に倒れた。

「弾丸が……入ってた！」

と、弓江が言った。

「そうだよ」

という声に振り向くと、神谷がソファに起き上っていた。

「あの……」

「私も、あんな風に命を狙われちゃ、怖くなってね。弾丸をこめておいたんだ」

「そうですか……」

「大丈夫か?」

と、大谷が、弓江の肩をつかむ。

「ええ」

弓江は肯いた。「見破られてて……。すみません」

「そんなことより、君が無事で良かった」

大谷の母が顔を出して、

「あら、助かったの? 良かったわね」

「お母様の声を聞いた時は、天にも昇る心地でしたわ」

と、弓江は言った。

「いや、あんたはいい人だ」

と、神谷が言った。「初めからそう思っとったよ」

「じゃ――私が偽者だと分かっていたんですか?」

「いや、本物かどうかはどうでも良かった。父親の気分に浸れたからね」

と、神谷は微笑んだ。

「今の話も……」

「もちろんさ。私はこのところ、睡眠薬を使っとるのでね。奴らがのませたぐらいの量じゃ眠らんのだよ」

「私があなたを撃とうとしたのも、分かってたんですか」

「ああ。——撃ったって、恨みはしなかったよ」

と、神谷は肯いて、「しかし、やっぱりあんたはいい人だった」

「そうでしょ？」

と、大谷の母が言った。「何なら、この娘《こ》と、結婚なさったら？」

「ママ！」

大谷が、目をむいてにらんだ。

「——乾杯」

と、大谷が言った。「君の無事に」

「ありがとうございます。でも……」

弓江は、ちょっとためらっていた。

「どうしたんだい？　せっかく母が二人で行っといで、と出してくれたんだ。楽しくやろうじゃないか」

「ええ……。でも、捜査は失敗でしたわ」

弓江は、シャンパンを軽く飲んで、言った。

――レストランに二人で来ている。

大谷の母も、今夜はお弁当を持ってついて来ないだろう。

「まあ、仕方ないさ」

と、大谷は言った。「あの安代って女から、国内の組織については大分引き出せた。大きな成果だよ」

神谷と安代が逮捕されて、当然大きな取引は中止された。――肝心の根を絶つところまではいかなかったのだ。

「そうですけど……。でも、あの時、私がもっと早く警部に連絡していたら……」

「いずれにしても向うは君のことを知っていたわけだからね。きっと予定を変えていたさ」

大谷は、グラスを置いて、「さ、構わずに食べよう」

「はい」

「それに、君は僕の命も救ってくれたんだし」

「でも――」

弓江はポッと頬《ほお》を染めた。

「あれは偶然ですわ。それに私はお母様に救っていただいたんですから」

「そうよ」

――大谷と弓江は声のした方を振り向いた。

「ママ！」

大谷の母が、一人ですぐ近くのテーブルについている。

「今夜は二人で行っといで、って言ったじゃないか」

「あら、だから二人でいるじゃないの。私はたまたまここに食事に来ただけよ。お二人で仲良くやってちょうだい。私のことは気にしないで。――ああ、私ね、このレディ向けのコースをお願い」

と、オーダーしている。

大谷はふくれっつらでため息をついた。

「お母様」

と、弓江は声をかけた。「せっかく、こうして偶然同じ店にいらしたんですもの。三人で楽しくお食事しましょうよ」

「そう？　それもそうね。会話があった方が、消化もいいのよ」

と、大谷の母は、サッサとテーブルを移って来た。

「努ちゃん、何か言いたいことでもあるの？」

「別にないよ、ママ」

と、言って、大谷はテーブルの下でそっと弓江の手を握りしめたのだった……。

運の悪い男たち

1

その日、アメリカから帰国した大臣の——何だっけ？　ま、名前はどうでもいい。

ともかく、「大臣」なのだ。偉いのである。

従って、白バイに先導された大型車で、堂々と町の中を通っていた。

しかし、大臣というのは、特に日本の場合、あまり若くないことが多い。時差ボケなどにもなかなか適応できないので、車の中でウトウトしていたのである。

そして——ふと目が覚めると、車は停っていた。

「もう着いたのか？」

と、秘書へ訊《き》く。

「いえ、何だか……警官が大勢……」

と、秘書が窓の外へ目をやりながら、言った。

「そりゃそうだろう。俺《おれ》が帰って来たんだ。警察の方だって、力を入れて警備してくれてるさ」

と、大臣は欠伸《あくび》しながら言って、「責任者を呼べ。一言ねぎらいの言葉をかけてやろう」

「はあ」

秘書は窓を下ろすと、近くにいた警官に、「ちょっと、君――」

と、声をかけた。

警官が、話を聞いて吹っ飛んで行く。大臣は、やっと目が覚めたのか、車の周囲を見回した。

「こりゃ凄《すご》い」

確かに、広い通りに沿って、びっしりと警官が並んでいる。まるで外国の大統領か何かが来た時のようである。

「うむ。よく見ておけよ」

と、満足気に秘書をつついて、「実力というのは、こういう所にあらわれるのだ」

「さすがですね」

と、秘書も調子を合わせる。

そこへ——きちんと三つ揃《ぞろ》いの、スマートな（つまり大臣とは対照的な）男が、やって来た。

「君が、責任者かね？」

と、大臣は窓を下ろして、話しかけた。

「そうですが」

「ご苦労だね。何か変ったことはないかね？」

「変ったことですか？」

と、言ったと思うと、キッと目をつり上げて、「この車が邪魔なんだ！　とっとと失せろ！」

と怒鳴った。

大臣はさすがに青くなって、

「な、何という言いぐさだ！　私を大臣の——」

「大臣が何だ！　おひな様より下じゃないか！　右大臣か左大臣か知らんが、早くどっかへ行っちまえ！」

「そ、そんな口をきいて後悔するぞ！」

「好きにしろ！　警視庁捜査一課、大谷努警部だ！　いつだって相手になるからかかって来い！」

「警部」

と、その腕をそっとつかんだのは——。

「香月君か……」

「落ちついて下さい」

「うん……。すまん」

大臣はもうカンカンになって、車を走らせて行ってしまった。

「きっと大丈夫ですわ、お母様は」

「すまないね、君に心配をかけて」

「そんなこと……。ともかく、このビルは完全に包囲して、どこからも出られません。犯人も、きっと諦《あきら》めて……」

「だといいがね」

大谷努は、ため息をついて、十階建の、大きなビルを見上げた。「この中の、どこにいるのやら」

かった――。

――夜になって、ビルはすっかり暗くなり、ガラスばりのどの窓にも明りは見えな

事の起りは――ほんのささいな行き違いからだった。

大谷と香月弓江は、警視庁の中の食堂で昼食を取っていた。

この捜査一課の敏腕警部と、その部下の若い、はつらつとした女性刑事が、恋人同士であることは、先刻ご承知の通り。加えて、大谷の母が、この二人に微妙に係わって来て、「三角関係」を結成していることも、ご承知であろう。

「――おかしいな」

大谷は、食堂の時計を見た。

「そうですね」

と、弓江も気にして、

「お母様、遅いですね」

「待ってられないや。もう食べちまおう」

と、大谷は、腰を浮かしかけた。

「でも、警部――」

と、弓江がなだめる。「先に食べてしまっていたら、お母様、きっと嘆かれますわ」

弓江は一足早く、〈今日の定食〉を食べてしまっていた。――ついでながら、今日は焼魚定食だったのである。もちろん、それはこの事件と何の関係もない。

一方の大谷は、お茶だけガブガブ飲みながら、「おあずけ」の状態。母親が、お弁当を持って来ることになっているのである。

ところが、もうとっくに十二時半も過ぎているというのに、母親が姿を見せない。

グーッ、と大谷の腹が鳴った。

「せめて、何か入れないと、死んじまうよ、このままじゃ」

と、大谷は悲痛な顔で言った。

「じゃ、もりそばぐらいにしておかれたらいかがですか」

「そうしよう！」

大谷は即座に賛成して、食券の売場へと飛んで行った。

「本当にどうしたのかしら……」

弓江は、もちろん大谷と二人で（母親抜きで）食べた方が楽しいに決っているのだが、不思議なもので、いつもいつも邪魔が入っていると、それに慣れてしまって、たまにいないとどこか物足りないのである。

ちゃんと一課の大谷のデスクに、午前中に電話があって、

「十二時に、食堂へ持って行きますからね。努ちゃん、楽しみに待っててよ」

努ちゃん、とは、もちろん大谷警部のことである。

それなのに一時近くになってもやって来ないというのは……。

「事故にでもあったのかしら」

と、弓江は呟《つぶや》いたが、何しろ大谷の母は、事故の方で逃げ出しそうな、元気な婦人である。

まさか、とは思うが……。

「食うぞ！」

大谷は、カウンターで、もりそばを受け取って来ると、大きく深呼吸をした。そして――。

「大谷警部。至急、電話にお出になって下さい」

と、アナウンス。

アナウンスが二度、くり返されるまでに、大谷はもう、もりそばを食べ終っていた――というのは少しオーバーだが、ともかく弓江が代りに急いで電話へと走って、

「――香月です。――いいえ、警部も一緒ですが。――はい、事件ですね」

弓江は、手早くメモを取った。「――丸の内の――Kビルの……。分かりました」

弓江が電話を切ると、大谷が、本当にそばを食べ終えてやって来る。

「どうした？」

「事件です。殺人のようですわ」

「よし、行こう」

「でも、お母様が――」

「まさか、待ってられないよ。さ、行こう」

そばを食べて少しお腹《なか》の落ちついた大谷は、弓江を促《うなが》して、足早に食堂を出て行った。

二人が食堂を出て、三分とたたない内に――大谷の母が、ハアハア息を弾ませながら、食堂へと入って来たのである。

「あら――」

見回しても、我が子の姿が見えない。

出がけに、古い友人から電話があって、

「私、主人と別れようと思うの」

と、泣かれてしまい、切るわけにもいかずに、苛々《いらいら》しながら一時間も、その友人のグチに耳を傾けていたのである。

その挙句《あげく》、

「しゃべったら、スッとしたわ。じゃ、またね」

と、相手はさっさと電話を切ってしまった。

「全く、人を馬鹿《ばか》にしてる！」

と、怒りながら、「努ちゃんが、お腹を空かして待ってるわ。可哀そうに！」

と、こうして駆けつけて来たのだった。

でも、当の「努ちゃん」がいないのだ。

さてはあの悪い女――弓江のことである――にどこかへ連れ出されたのかもしれないわ。悪い遊びでもして、補導されたらどうするのかしら？

――まるきり子供扱いである。

そこへ、

「やあ、警部のお母さん」

と、一課の刑事が声をかけて来た。

この母親のこと、捜査一課はもちろん、警視庁の中で、知らぬ者はない。

「警部なら、たった今、事件だっていうんで、出て行きましたよ」

「まあ、そうですか」

　と、大谷の母はちょっとホッとした様子で、「で、どこへ行きまして？」

「さあ……。おい、誰《だれ》か知ってるか？」

　と、そばの男たちへ声をかける。

「香月君が電話を受けてたぜ」

　と、一人が言った。「丸の内のKビルっていってたな、確か」

「丸の内のKビルですね。どうもありがとう」

　大谷の母は、「努ちゃんたら、何も食べないでお仕事に行くなんて……。体をこわすじゃないの」

　と、ブツブツ言いつつ、食堂を出て行った。

「大したお袋さんだな」

　と、食事しながら、刑事の一人が、言った。

「その内、香月君と血で血を洗う戦闘になるぜ」

「あのお袋さんに勝てる奴がいるか？」

「言えてる」

　と、刑事たちは顔を見合わせて笑ったのだった……。

そのころ、パトカーの中で、香月弓江は、大谷に説明していた。

「丸の内のKビルの裏側の駐車場で、変死体が発見されたそうです」

「駐車場か。こんな昼間に、人はいなかったのかな」

「警部、今日は土曜日ですよ」

「あ、そうか」

と、大谷は肯《うなず》いた。「すると丸の内辺りは——」

「ほとんどが休日です。ビルも閉っているんじゃないでしょうか」

「すると、駐車場も、人の出入りは少ないだろうな」

「そう思います」

パトカーは、サイレンを鳴らしながら、Kビルへ向って走った。

そして、そのころ——。

「おい、一体どうするんだよ！」

と、小太りな男が、なじるように言った。

「うるせえな！　せっついたって、金庫は開かねえんだ！」

と言い返したのは、対照的にやせこけて、頭も禿《は》げ上り（もっとも、小太りな方も、大分薄くなっていたが）、風でも吹いたら倒れそうな男だった。

「何言ってやがる。中へうまく忍び込めりゃ、後はチョロイもんだとぬかしたのは、どこのどいつだよ」

と、小太りな男が鼻を鳴らす。

「馬鹿野郎！　俺たちはな、ビル荒しなんだぞ」

「そんなこと、お前に教えてもらわなくたって、知ってらあ」

「だったら、もっと小さな声でしゃべれ！」

「お前こそ怒鳴ってるじゃねえか」

「俺の声はバスだ。だけどお前は柄に似合わずテノールの甲高《かん》い声してるんだ。遠くまでよく届くんだよ」

「お前こそ、馬鹿だな。テノール歌手ってのは、たいていは小さくてデブなんだ」

いささか、場違いな会話を交しているこの二人。――自己紹介（？）の通り、ビル荒しの二人組である。

小太りな方は「竜《たつ》」。やせてノッポな方は、「洋子」といった。「ようこ」と読むと女になるが、この男の場合は、「ひろし」と読むのだ。面倒くさがりやの両親が、女が生まれるとばかり思っていて、考えた名前をそのまま男につけてしまった結果である。

ともかく、この二人、着ている上衣は、肘《ひじ》のところがてかてか光り、ズボンも膝《ひざ》の辺りがぬけそうで、いかにも貧しげ。

ビル荒しとしても、腕が良くないことは一見して明らかだった……。

——大谷たちが予測した通り、Kビルは、今日は休みで、閉っている。

竜と洋子《ひろし》の二人は、ゆうべ、ビルの守衛が最後の見回りをするのを待っていて、こっそり中のトイレに身を隠し、居残ることに成功したのだった。

そこまでは良かった。

朝になって、さて、のんびりと持参のにぎり飯を食って、片っ端からオフィスを開けて、金庫の現金をいただこう、と……したのだが、残念ながら、この二人の「技術」は、こういう最新式のオフィスの金庫には、とても歯が立たなくなっていたのだ。

つまり、「時代遅れ」だったのである。

二人が手に入れたのは、手さげ金庫に入っていた現金だけ。——それも、小銭を合わせて、やっと四、五万という寂しさ。

「そんなもんで帰れるかよ」

と、洋子が言った。「仲間に知れてみろ。うまく居残りながら、たった四、五万の稼ぎだなんて。見っともないっちゃありゃしねえ」

「だけど、開かなきゃ仕方ないぜ」

「これだけ金庫があるんだ。どれか一つぐらいはきっと……」

ビル中を捜し回って、竜と洋子の二人は、五つ、金庫を発見した。しかし、そのどれ一つとして、開けられなかったのである。

「大体、今の金庫は、ふざけてやがる！　あんなに開けにくくしたら、使いにくいじゃねえか」

と、洋子が妙な文句をつけている。

「ともかく、もうすぐ一時だぜ」

と、竜が言った。「昼飯を食いたい。――もう諦めて出よう」

「お前は食い気ばっかりだな」

と、洋子《ひろし》が呆《あき》れた様子で言った。「俺はもう一頑張りしてみる」

洋子は、ポキポキと指を鳴らした。

指がよく鳴るというのが、昔から、洋子の自慢だった（といっても、えらく無器用だったのだが）。

「だけど、夜までかかったって今の調子じゃ――」

と言いかけて、竜は言葉を切ると、「──おい！」

「何だよ」

「サイレンだ」

「昼休みの終りの合図だろ。今日出勤してる奴もいるんだよ」

「いや……。パトカーだ」

「ん？──ああ、そうらしいな。だけど、別にここへ来るわけじゃねえさ」

「だって……近付いて来るぜ」

「それがどうした？　通り過ぎて行っちまうさ」

と、洋子は肩をすくめて、「一番上の階の金庫が、一番古くて、やりやすかったな。よし、もう一度挑戦してみるぜ」

と、階段の方へ歩き出したのだが……。

パトカーのサイレンは、正に、このビルの前で、一旦《いったん》停り、ビルのわきへと向って来たのだ。

「──来た！」

と、竜が青くなった。「ど、どうしよう？」

「落ちつけ！」

と、洋子も真青になって、「俺たちは——そうだ、迷子《まいご》になったことにしよう！」

「迷子！」

「トイレを借りたくなって、入ったら、出口が分からなくて、歩き回っている間に疲れて眠っちまって……」

段々洋子の声は小さくなって、「——無理だな」

「ああ」

「——隠れるんだ！」

二人はドタドタと、トイレに向って駆け出したのだった……。

2

「どうやら車ではねられたらしいな」

と、検死官が言った。

「即死か？」

と、大谷が訊く。

「まず、ほとんどね」

「大体どれくらいだ？」

「たぶん……昨日の夜中ぐらいだろう。二時とか三時とか」

「すると十時間以上も、ここに倒れてて、見付からなかったわけだな」

と、大谷は、駐車場を見回した。

見付からなかったのも、無理はない。

Kビルの裏手にあるこの駐車場は、ちょうど四方をビルに囲まれた格好になっていて、そのどれもが今日は閉っている。およそ人が来ることなどなさそうなのだ。

「——身許は？」

と、大谷が訊く。

「背広のポケットに身分証が」

弓江が、大谷へ渡した。

「金井弘司《かないこうじ》か。——Kビルに勤めているんだな」

「そうらしいですね」

「帰ろうとして、ここでやられた、か」

「でも……」

と、弓江は首をかしげている。

「どうした？」

「何だかおかしくありません？」

コンクリートの上に、男は大の字になって倒れている。——大谷はまじまじと眺めていたが……。

「そうだね。服が——」

「合ってません。体に」

と、弓江が肯く。

確かに、死んでいる男は、ごく当り前のサラリーマンというスタイルだったのだが、よく見ると、ズボン丈も、上衣の袖《そで》口も、短すぎる感じだ。

「ちょっとすいません」

と、弓江は検死官に言って、死体の方へかがみ込むと、上衣の前のボタンをとめようとした。

「——とっても窮屈ですわ」

「なるほど。するとこの死体は——」

弓江は上衣の内側をめくって、

「金井、とネームが入ってます」

「じゃ、死体は金井じゃないってことだ」

大谷は金井の名刺を見て、「しかし、なぜわざわざ服を着せたりしたのかな」

「それには、死体の身許を……」

「うん」

大谷が何か言いかけたところへ、

「警部！」

と、若い刑事が走って来た。

「何だ？」

「お母様がみえたのかも」

と、弓江は低い声で言った。

しかし、今度は、弓江の推理も外れて、

「今、Kビルへやって来た男がいて」

「話を聞こう」

——やって来たのは、二十七、八歳の、いかにも忙しくて駆け回っている、というタイプの男。

「八田といいます」

と、早口で挨拶《あいさつ》すると、「何かあったんでしょうか?」

「このビルに勤めてるのかね」

「そうです。営業部の渉外に――」

「営業部か。金井弘司って人を知ってるかね?」

「もちろんです。僕の上司ですよ。今日も、午後から打ち合せがあって、出社して来たんですけど」

と、八田というその男は言って、ちょっと不安そうに、「あの……一体何が――」

「この人は、金井さんじゃないね」

と、大谷が、倒れている男の方を指す。

八田は初めて死体に気付いて、ギョッとしたように目を見開いた。

「あ、あの……死んでるん……ですか?」

「ええ。車にはねられたらしいんです」

と、弓江が言った。

「そ、そうですか――。お気の毒……に……ね」

と言うなり、八田はヘナヘナとその場にしゃがみ込んでしまった。

「どうしたんですか?」

弓江がびっくりして駆け寄る。支えられてやっと立ち上った八田は、

「いや……。大丈夫です。——すみません。けが人とか死人とかいうやつに弱いんで」

と、八田は青くなって、実際、冷汗を浮かべていた。

「顔、分かります、この人の？」

「金井さんじゃありませんよ。知らない人だな」

「でも、金井って人の背広を着てるんです」

八田はびっくりした様子で、もう一度、こわごわ死体を眺めると、

「——本当だ。金井さんの背広らしいですね。でも、どうして……。あれ？」

「どうしました？」

「でも……。いえ、何だか見たことのある顔だな、と思ったんです」

「会社の人ですか？」

「いや、社員なら、見りゃ分かりますよ」

八田は首をひねって、「誰だろう？　どこかで見たような顔なんだけど」

と、呟いた。

——そしてそのころ、大谷の母が、タクシーを飛ばして、Kビルの前に降り立って

いたのである。

「——どうなってるんだ?」

と、竜が言った。

「俺は警察じゃねえから分からねえよ」

と、洋子《ひろし》が肩をすくめる。

しかし——二人がパトカーのサイレンを聞いて、手近なトイレの中へ隠れてから、もう三十分以上たっている。

それなのに、一向に警察はビルの中へ踏み込んで来ない。もちろん来てほしいわけじゃないが、二人としては、来るなら早く来てくれ、という気分だったのである。

二人が隠れているのは二階のトイレだった。

駐車場に警官たちが行っている間に、さっさと一階へ下りれば、通用口から悠々と出て行けたのだが、そんなこととは知らずに、ひたすら、いつ警官がやって来るかと息を殺していたのだ。

「——俺たちがいるのは、もう分かってんだろうな」

と、竜が言った。

「当り前さ。でなきゃ、こんな所に、何でパトカーが来るんだ」

「じゃ、どうして早く捜しに来ないんだよ？」

「知るか。——大方、このビルを包囲してるんじゃねえのか」

「包囲？　オーバーじゃねえか、そんなの」

「向うは、俺たちがどんなたちのいいビル荒しか知らねえんだ。万一に備えて用意してんのさ」

「用意って……どんな？」

「そりゃ……。催涙弾《さいるいだん》とかよ、機動隊、放水車」

「デモ隊じゃないぜ、俺たちは」

「それに、こっちが武器を持ってた時のために——」

「何も持ってないぜ！」

「分かってる！　持ってた時の用意に、だ。——狙撃《そげき》隊もいるかもしれねえな」

洋子《ひろし》は、なかなか想像力豊かな男なのである。

「狙撃って……。あの、ライフルか何かで狙《ねら》って、バーン、と一発やる？」

「うん。万一の時には——」

「いやだよ、俺！　有無《うむ》を言わせず撃ち殺すなんて！」

「お前な、日本語は正確に使えよ。『撃ち殺されるなんて』と言わなきゃ」

と、洋子は、細かいところにこだわっている。

「ともかく、どうすんだよ。これから」

「自分でも考えろよ。別に俺が何もかも決めなきゃいけねえわけじゃねえんだぜ」

押し問答をやっていると――。

コツ、コツ、コツ……。

「足音だ」

と、竜が言った。

「階段を上って来るぞ！」

「どうする？」

「隠れるんだ」

「今だって、隠れてるぜ」

「分かってるけどよ……。女子トイレの方へ隠れよう」

と、洋子が言うと、竜が目をむいた。

「やだよ、俺！　そんな見っともねえ」

「警察だって、女子トイレにゃ遠慮して、入らないかもしれねえだろ」

「そうか！　それもそうだ」

二人とも、いい勝負、という感じである。

早速、それまで隠れていた男子トイレを出て、急いで隣の女子トイレに入った。

「へえ！」

と、竜が声を上げた。「見ろよ。さすがだな。タイルの色も違うぜ」

「何に感心してるんだ、上って来ちまうぞ」

洋子がせかして、トイレの奥の方へ……。

「おい」

と、洋子が言った。「一つ、扉が閉ってるぜ。誰か入ってるのかな」

「ゆうべから？」

「しかしよ……」

洋子が、その扉をそっと開けた。――ゆっくりと、二人の前に一人の男が倒れて来た。

「おい……」

と、竜が言ったのは、もちろんその男に話しかけたのではない。

話しかけたところで、その男が返事をするわけがないのは、分かり切っていたからだ。

男は白目をむいて、死んでいた。

「何だ、これ？――どうしてこんなもんがあるんだよ？」

と、竜が声を上げた。

「しっ静かにしろよ。聞こえるじゃねえか！」

洋子《ひろし》の方も、ガタガタ震えている。

「だって……。こんな所に隠れろってのかよ！」

竜は、真青になって、「俺はいやだぜ」

「そうか」

洋子は肯いて、「俺もいやだ」

二人は、女子トイレから、我先《われ》に、と飛び出した。

と――目の前に、何だか大きな包みをかかえたおばさんが、キョトンとした顔で立っていて、二人を見ると、

「あら」

と、微笑《ほほえ》んだ。「殺人現場はどちらなの？」

「——ご迷惑をおかけしまして」

と、大谷たちへ頭を下げたのは、八田や金井弘司の上司に当る、村岡という部長だった。

「いや、お休みのところ、恐縮です」

と、大谷は言って、事件の概略を説明した。

「なるほど」

この近くのマンションに住んでいるという村岡は、いかにもエリートビジネスマンというタイプ。五十代だろうが、体つきも細身で、エネルギッシュだった。

八田の連絡で飛んで来たのだが、カーデガンにスラックスというスタイル。それがまたよく似合うのである。

弓江も、少々見とれてしまって、大谷を不機嫌にさせたりした……。

まだ駐車場に置いたままの死体を、村岡はしばらく見下ろしていたが、

「——ああ、この人は……」

と、肯いた。

「部長、ご存知ですか」

と、八田が訊くと、村岡は不思議そうな顔をして、

「お前もいつも会っているじゃないか」

と、言った。

「はあ……。何となく、会ったことのある顔だとは思いましたが……」

「ビルの受付にいる守衛さんだよ」

八田はポカンと口を開けて、しばらく言葉も出ない様子だった。

「いつもはガードマン風の制服ですからね」

と、村岡が大谷に言った。「こういう格好をしていると、分からないものなんですな」

なるほどね、と弓江は思った。——でも、その守衛が、なぜこんな格好で死んでいるのかしら？

それに、この服を着ていたはずの金井という人は、どうしたのだろう。

「ここは駐車場ですからね」

と、大谷が言った。「車にはねられた、というのも、どうも事故とは思えない。かなり計画的な殺人と見るべきかと思います」

「同感ですね」

と、村岡は肯いて、「犯人は、この人を、金井君と間違えて、はねたのかもしれませんね」

「ゆうべ、かなり遅い時間、ということですが、そんな時間まで仕事を？」

「営業部は夜八時、九時が普通です。忙しい時は、ビルに泊り込むこともありますよ」

村岡はこともなげに言った。「おい、八田君」

「はあ」

「君が昨日帰る時、金井君は？」

「金井さんはまだいました。一人残って行くようなことをおっしゃってましたけど」

「何時ごろだ？」

「僕が出たのは……八時半ぐらいでした」

「そうか」

と、村岡は肯いた。「金井君の家に連絡は？」

「電話を入れましたが、誰もいないようで――」

と、弓江が言うと、

「ああ、そうか。金井君の所は、奥さんが実家へ帰ってるんだ。――いや忙し過ぎて、奥さんがたまりかねたようでしてね」

へえ。刑事というのも忙しいが、こういう人たちも大変なのね、と弓江は思った。

「すると――」

と、大谷は腕組みをして、「金井という人がどこにいるのか。これが一つの鍵《かぎ》だな。

――ビルの中へ入って、調べてみたいのですがね」

「もちろん構いません。鍵は持って来ましたから」

「それはありがたい」

大谷は、弓江に「香月君、悪いが、残ってこの後を頼む」

「分かりました」

弓江は、死体を運んで行くように指示して、今は車のいない駐車場を見渡した。

――何だか妙な事件だ。

どこが、と訊かれると、うまく答えられないのだが、ともかく、ひっかかるものがあった。

もちろん、捜査はまだまだこれからで、それ次第では、しごく単純な事件で終ってしまうのかもしれないのだが。

「香月さん」

と呼ばれて振り返ると、警官が一人、やって来るところだった。

「何か？」

「今、パトカーの方へ連絡で、大谷警部のお母さんはこっちへ着いたか、って」

「お母様が？」

「何でも、お二人の後から出られたそうで。――すぐ後だったそうです」

「すぐ後？」

弓江たちはパトカーだから、早くて当然だが、それにしても、もうずいぶん時間がたっている。

「ここを聞いたのかしら？」

「何でも、Kビル、と言われて、出られたらしいんですが」

「そう。――分かったわ」

じゃ、もしかしたら、このビルの中に、大谷たちがいると思っているのかもしれない。

でも、正面からは入れないはずだから、ビルの前で、困っているかも……。

弓江は、Kビルの正面に、急いで出てみたが、パトカーが停っている他は、誰もいない。

諦めて帰ったのかしら？

でも……。

弓江は通用口の方へ回ってみた。大谷が、村岡と二人で入って行ったはずだ。

弓江が通用口のドアを開けると――目の前に、大谷が立っていて、あやうく背中にぶつかりそうになった。

「警部――」

「入るな！」

と、大谷が言った。

「あの――」

正面の、廊下の奥を見て、弓江はギョッとした。

男が二人、ノッポと、ずんぐりして太ったのが、大谷の母を間に挟んで、こっちをにらんでいる。

「いいか！」

と、ノッポの方が、バスの声で、「近付くとこの女を殺すぞ！」

「そ、そうだ！」

太った方が、テノールの声で、「手を出しやがると、ただじゃおかねえ」

「何が望みだ！」

と、大谷が怒鳴ると、二人の男は顔を見合わせた。

「――ゆっくり相談すらあ」

と、ノッポの男が言った。「いいか、ビルの中へ誰か入って来やがったら、こいつの命はねえぞ」

二人は、大谷の母を促して、奥へ入って行く。

大谷の母は、ちょっと振り向くと、

「努ちゃん。心配しなくていいのよ」

と、落ちつき払って言ってのけた。

「――警部」

「ビル荒しだ。中で出くわしたんだ。――畜生！」

傍に立っていた村岡が、

「困りましたね。人質を取られたんじゃ」

「何としても、人質の命を守ることだ！」

と、大谷は青ざめた顔で、言った。「香月君！」

「はい」

「このビルから、誰も出ないように、緊急手配だ！」

「はい!」

弓江は、通用口から飛び出すと、パトカーに向って、駆けて行った。

3

「——夜ですね」

と、弓江は言った。

大谷は、ビルを見上げた。

「僕は間違ってたかな」

「え?」

「これは僕個人の問題なのかもしれない、と思ってさ」

「そんなこと!——もし、人質が何の関係もない人でも、警部の指示は同じでしたわ」

「そう言ってくれるとありがたい」

と、大谷は、やっと微笑を見せた。「君がそばにいてくれなかったら、僕は理性を失っていたかもしれないよ」

弓江は、黙って、大谷の手を握った。

そして、ビルを見上げると、

「――向うの要求は何でしょうね」

「分からないな。金とか車とか、言ってくれれば、却《かえ》って安心なんだが」

ともかく、こういう時は、事態がどうなっているか分からないのが、一番辛《つら》いのである。

「私、中に入ってみましょうか」

と、弓江が言った。

「それはだめだ」

と、大谷が首を振る。

「もちろん――」

「いや、母のこともちろん心配さ。しかし、君がもし連中に気付かれたら、母を人質にされて、君は抵抗できない。君がどんな目にあうか分からないよ」

「警部……」

弓江は、胸が熱くなった。

何とかして、大谷の母を救い出すのだ！　そのために命を落としたって、構わない……。

弓江は、大谷がパトカーの方へと歩いて行くのを見送って、一人でビルの裏手へと歩いて行った。

もちろん、わきも裏も、警官が固めている。確か、例の村岡や八田がいるはずなのである。

「——村岡さん」

と、見付けて声をかける。

「やあ、これは刑事さん。どうにも動きが取れませんね」

と、村岡が言った。

「ちょっと、ご相談があるんですけど」

「何です?」

——弓江は、村岡を、警部たちから少し離れた所へ連れて行くと、

「このビル、他にどこか中へ忍び込む方法はありませんか」

と、訊いた。

「この中へ?　しかし——」

「もちろん、人質の命は優先です。でも、待っているのが一番いいとは限りません」

「そりゃ分かりますが……。しかし、危険じゃありませんか」

「何人もが動けば、犯人も気付くかもしれません。でも、私一人が動けば……」

「なるほど。しかしね……」

と、村岡は考え込んでいたが、「──そうだ。あそこからなら……」

「どこですの？」

「普通の出入口じゃありませんよ。ビルの中を、たてに通ってるパイプスペースの中です。ずっとはしごがついていて、そこを上るんですが」

「やってみますわ。どこから入るんですの？」

と、弓江は勢い込んで言った。

「待って下さい。八田君が知ってると……。おい、八田！」

「はい！」

八田が、急いで飛んで来る。「部長、お呼びで──」

村岡の話を聞いて、八田は目を丸くした。

「そりゃ、女の人にゃ無理じゃないですか？」

「私は刑事ですよ」

「そりゃまあ……」

「どこから入るんです?」

「地下です。エレベーターは地下の駐車場までしか下りませんけど、その下に、整備や機械室があって、そこからパイプスペースに入れます」

「ずっと上まで?」

「十階までありますよ。もちろん、途中の階でも出られるけど……。暗いし、汚ないし、大変だと思いますけどね」

「やってみます」

弓江は即座に言った。「入口まで案内して下さい」

「おい、八田」

と、村岡が、ポンと八田の肩を叩《たた》いて、「お前も一緒に行け」

「僕が、ですか?」

「業務命令だ」

「しかし——」

「うまくやったら、係長だ」

「やります!」

と、八田は、目を大きく見開いて、言った……。

「畜生！」

と、洋子《ひろし》が言った。

「あら、気に入らなかった？」

と、言ったのは、もちろん大谷の母である。

「いや――こんなに旨《うま》いもん、食ったことねえ！」

「ずるいぜ！　俺にもよこせよ」

と、竜が手を出す。

「誰もやらねえなんて言ってねえだろ。がっつくんじゃねえよ」

どっちが、がっついてるんだか。

暗いオフィスの中。――非常用の、ほの暗い明りの下で、時ならぬ「宴会」がくり広げられていた。

もっとも、宴会といっても、酒はないし、食べる物も、大谷の母が、「可愛《かわい》い息子」のために用意した弁当だったが。

それに、ビルの中に置かれた自動販売機の電源を入れて、缶入りのウーロン茶を買って飲んでいた。

至ってつつましい食事会である。

「いや……。旨いなあ。これこそ家庭の味ってやつだぜ」

と、洋子は、ため息をついた。「こんな味、とっくの昔に忘れちまってたよ」

「本当だなあ……」

と、竜もしみじみと言った。「よく、おばあちゃんが、こんなのを作ってくれたっけ……」

「気に入ってくれてよかったわ」

と、大谷の母は言った。「どうせ冷めちゃったら、むだになるしね。食べてもらった方がいいのよ」

「おばさんよ」

と、洋子《ひろし》が言った。「何だか、こんなことになっちまって、すまねえな。——だけど、俺たちも捕まりたかねえし」

「そりゃそうでしょうね」

と、大谷の母は肯いた。

「な、分かってくれよ。手荒な真似《まね》はしたくねえんだ。おとなしくしててくれたら、何もしねえからよ」

大谷の母は、ニッコリ笑って、

「これ以上、どうおとなしくするの？」

「うん……。いや、まあ、今のままなら、大いに結構だ」

と、洋子は言った。「しかしあんた、いやに落ちついてるな」

「こんな年齢《とし》になりゃ、少々のことじゃびくともしなくなるのよ」

洋子は笑って、

「人殺しの人質になるのが、『少々のこと』かい？」

「あの人は、あんたたちが殺したんじゃないでしょ？」

「もちろんだい！」

と、竜が言った。「俺たち、ビルを荒して、小金を手に入れるだけだ。人を殺すなんて、とんでもねえ」

「だけどよ」

と、洋子が言った。「誰も信じちゃくれねえよ。俺たちがここに隠れてて、死体が見付かった、となりゃ。――俺たちがやったことにされちまうよ」

「そうだよな」

と、竜が肯く。「前科がある、ってだけで、警察はもう、見る目も違う」

「ああ、全くだ。それに、殺されてるのが守衛となりゃ、俺たちが疑われて、当り前だし」

「あの人は守衛じゃないわ」

と、大谷の母が言ったので、二人の男は、顔を見合わせた。

「何だって？　だけど、制服を――」

「全然、体に合ってなかったわよ」

大谷の母は、ウーロン茶を一口飲んでから、「あれは、別の人の制服を、無理に着せてるんだわ」

「へえ」

と、洋子が感心したように言った。「だけど、何だって、そんな格好で殺されてるんだ？」

「あの人は、頭の後ろを殴られて殺されてたけど、血が服の方には飛んでいなかったわ。つまり、殺した後で、服を脱がして、あの制服を着せたのよ」

「へえ……」

竜と洋子の二人、すっかり感心の態《てい》である。

「そんじゃ何かい？　守衛の方が殺したのか？」

と、洋子が訊く。

「その可能性もあるわね」

と、大谷の母は肯いた。「でも、そうじゃないと思うわ」

「どうして？」

「あんな物着せとく理由がないでしょ。守衛がやったのなら、あんなことすりゃ、やりました、って宣伝してるようなもんだわ」

「なるほど」

と、洋子は感服している。「おばさん、なかなか頭がいいぜ」

「だてに年齢《とし》は取ってないわよ」

と、大谷の母も、いい気分らしい。

「だけど妙だな。——もしかしたら、他にもビル荒しが忍び込んだのかな」

と、竜が言った。

「それはなかなか鋭い意見よ」

「そうかい？」

竜はニヤついて、洋子《ひろし》へ、「みろ。お前はいつも俺のこと、馬鹿にするけどよ」

「でも、きっとこの中のことを、よく分かってるビル荒しね」

と、大谷の母は、ゆっくりと立ち上ると、「ああ、少し腰が痛くなったわ、こんな所に座っていたら」

「いっちょ、もんでやろうか。こう見えても、うまいんだぜ」

と、洋子が言った。

「まあ、ありがとう。でも、こんな所じゃ、ちょっとね。――それより、あんたたち、金庫は開けられたの？」

洋子と竜は、ちょっと顔を合わせて、

「そりゃまあ……やってはみたんだけど」

と、洋子が頭をかく。

「だめなんだよ、こいつ。もう時代遅れなのさ」

「あらあら」

と、大谷の母は笑って、「それはお気の毒様ね。でも、お金もないんじゃ、逃げるのに困るでしょ」

「何とかなるさ。――大体、ここから逃げられりゃの話だ」

「弱気なのね。しっかりしなさい」

人質に励まされるというのも妙なものである。

大谷の母は、何やら、鎖のついた鍵を一つ、取り出して、

「これが合う戸棚を捜すのよ」

と言った。

「何だ、それ?」

「あの死体が首にかけてたの」

「へえ! 俺は怖くて、ろくに見もしなかったけど」

「いい? このビルの経理は何階?」

「一番でかい金庫があったのは、八階だったぜ」

「じゃ、そこから当ってみましょう」

大谷の母がさっさと歩き出したので、二人の男は、あわててついて行った……。

「——おい、香月君を見なかったか?」

と、大谷は、若い刑事の一人を捕まえて、訊いた。

「香月さんですか? 何だか、さっき若い男と二人で地下の方へ入って行きましたよ」

「地下だって?」

大谷は、ちょっといぶかしげに、「まさか——浮気しに？」

「は？」

「いや、まさか！——何でもない」

大谷はパトカーへ駆け寄ると、地下の警備に立っている班を呼び出した。

「——地下駐車場です」

「大谷だ。香月君はそっちへ行ってるか？」

「いいえ。みえてませんが」

「そうか」

——おかしい。

こんな時にどこかへ行ってしまう、というのは、弓江らしくない。

もしかすると……。

大谷はビルを見上げた。——そうか！

一人で、どこか別の入口から中へ入って行ったのだ。きっとそうだ。

何とかして——命を捨てても、大谷の母を救い出そうとして……。

「死なせるもんか！」

と、大谷は声に出して言った。「——おい！　全員に伝えろ！　突入の準備！」

警官たちが、あわててあちこちに飛んで行った。

4

手がしびれて感覚がなくなる。

ハッとした。鉄のはしごをつかんだ手が、汗でスルッと滑ったのだ。危うく、もう一方の手で、はしごを抱きかかえるようにして、バランスを保った。

「——大丈夫ですか?」

と、下から八田が声をかけた。

声が、たて穴にワーンと反響する。

「ええ……。ごめんなさい。何ともありません」

「もう八階辺りですよ。そろそろ扉を開けて中へ——」

「一旦、屋上へ出ます。その方が安全ですもの」

「しかし、この後が大変じゃないですか」

確かに、弓江は、ぐっしょりと汗をかいていた。手は汗でべとつき、いつはしごから滑り落ちても、おかしくない。

ここで落ちたら、大谷の母を助け出すこともできないのだし、下にいる八田も、巻き添えにするかもしれない。

「分かりました。じゃ、八階で出ます」

「あと一息だ。――大きな〈8〉の字が書いてありますよ」

暗やみの中、懐中電灯の光が揺れて、〈8〉の字を照らし出した。

「やあ、あとほんの少しだ。大したもんですね。こんな所まで一気に。僕だって息切れしてる」

「ありがとう」

と、弓江は言って、はしごを腕で抱きかかえるようにして、手を腰にこすりつけ、汗を拭《ぬぐ》った。

そして、

「じゃ、行きますわ」

と、再び、上り始める。

〈8〉の扉には、すぐ達した。

「その横にのびた棒を押して。――そうです。レバーを引くと、開きますよ」

重いドアが、ゆっくりと開いて来る。

弓江は、はしごから、八階の廊下へと出て、その場に座り込んでしまった。

八田も出て来て、ハアハア喘《あえ》いでいる。

「——ともかく、うまく行った」

「ええ」

弓江は肯いた。「問題はこれからだわ」

気を取り直して、立ち上ると、

「この階は？」

「経理です。金庫のある階ですよ」

「じゃ、犯人たちはここを狙って入ったんだわ。——用心しましょう」

弓江は、暗い廊下を見渡して、「階段はどっちですか？」

「ええと……。右手の方ですよ」

「どこにいるか分かればね……」

弓江は、階段の方へ歩き出した。

そして足を止めると、

「誰か上って来るわ」

と、低い声で、「隠れましょう！」

「え？」

「早く、こっちへ！」

弓江は八田の手をつかんで、廊下の奥の暗がりへと身をひそめた。


「やれやれ」

と、竜が、息切れした様子で、「もうだめだ！」

「しっかりしろい。このおばさんが平気なんだぜ」

「そんなこと言ったってよ……。俺は太ってるんだ！」

「変なことでいばるなよ。——さて、八階だぜ」

「そうね」

と、大谷の母は、少し息を弾ませているくらいで、「じゃ、どこかの戸棚に、この鍵が合うか、調べるのよ」

「OK。しかし、何か入ってんのかい？」

「私だって、知ってるわけじゃないけどね」

と、もっともなことを言って、「でも、こんな風に鎖をつけて、首にかけとくなんて、よほど大切な鍵だってことは、間違いないわ」

「じゃ、早速始めましょうよ」

「そりゃそうだな」

もちろん、オフィスの中は暗いが、一応この二人も、懐中電灯ぐらいは用意して来ていた。

「——結構、今の会社って、戸棚ってものが少ないのね」

見て回りながら、大谷の母は、感心している。

「ますますやりにくいんだよ」

と、洋子《ひろし》が言った。「何でも今はコンピューターとかに入っちまってるんだから」

「そうね。でも、私、ちゃんと目に見えて、手の届くものでないと、何となく信用できないのよ」

と、大谷の母は言った。「——あの戸棚は？」

「やってみよう。——だめだ、合わねえ」

「じゃ、他ね」

——鍵の合う戸棚が見付かったのは、五分ほどしてからだった。

「やった！」

と、洋子が声を上げた。

「でも、何か入ってんのかい？」

竜が不思議そうに言う。

「そんなことより、ともかく開いたことが嬉《うれ》しいじゃねえか」

変な泥棒である。

扉を開けると、そこはファイルがズラッと並んでいるだけ。

「何だ。——金目のものはねえや」

と、竜が肩をすくめる。

「待って。ちゃんと照らして」

と、大谷の母が前に出た。

しばらく、上の方、下の方と眺めていたが、

「——見て、この一番下の段」

「どうかしたのかい？」

「普通、こんなファイルはね、めったに出し入れしないから、埃《ほこり》になってるもんなのよ。でも、一番下の段だけは、いやにきれいだわ」

「なるほど」

「出してみましょう」

一番下の段のファイルを、大谷の母が二つ三つ引張り出した。「──見て」

ファイルの格好にはなっているがその中には、薄い箱が挟んであった。

「何の箱だ？」

「木の箱よ。壊してみて。いちいち鍵をあけることもないわ」

「よし、任せろ」

出番、とばかり、竜が腕まくりをして、「エイッ！」

メリメリと板が裂ける。

「あれっ！」

洋子《ひろし》が目を丸くした。

箱からバタバタと床に落ちたのは、一万円札の束だった。

「何だ、これ？」

「お金よ」

「分かってるけど……。何だって、こんなところに？」

「どうでもいいや！　こいつをいただいて行こうぜ」

と、竜が、すっかり元気を取り戻す。「他にもあるかもしれねえ」

「あるでしょうね。──きっと、これは、まともでないお金だわ」

「まともでない?」

「そう。このお金をめぐって、仲間割れをして、人殺しが起きても、おかしくないわね」

洋子と竜は、顔を見合わせて、

「——じゃ、あの男も?」

「たぶん、そうよ」

と、大谷の母が肯く。「いい? あんたたち二人で、これを持って逃げてもいいわ。でも、殺人の罪も、あんたたちがかぶることになるのよ」

「そうか」

と、洋子は肯いて、「おい、どうする?」

「どう、って……。俺もそりゃあ、殺しの犯人にされるのはいやだけどな」

「うん。——この金を諦めるか」

「それも何だか……」

「一番いいのは、ここであんたたちが自首して、一からやり直すことよ」

と、大谷の母が言った。

「よせやいこの年齢《とし》で、か?」

「殺人犯として追われて一生過すの？」

「そりゃあ……」

「悪いことは言わないわ。あんたたちが、とても紳士的だった、ってことは、私がちゃんと証言してあげる」

「あんたのことは信用してるぜ」

と、洋子が言った。「でも、警察ってのは、そう甘かないんだ」

「大丈夫。うちの息子に、よく言っとくわ」

「息子？」

「息子は、捜査一課の警部なの」

洋子と竜の二人は目を丸くした。

その時、凄い声が、ビルの谷間に響きわたった。

「犯人たちへ告げる！　一分以内に出て来い！　さもないと突入する！」

竜と洋子は飛び上った。

「ど、どうしよう！」

「しっかりしろい！　俺だって――怖い！」

二人でガタガタ震えている。

「あの子ったら、せっかちなんだから」

大谷の母は、窓の方へと歩いて行くと、下のパトカーの前から見上げている大谷の方へ、手を振って見せた。

「――ママ！　大丈夫かい！」

と、拡声器を通して凄い声。

「こっちは大丈夫！　待ってなさい！」

大谷の母が大声で叫ぶと、ガラス越しに、口の動きで分かったらしい。

「分かった！　ママ、待ってるよ」

大谷の母は、洋子《ひろし》たちの所へ戻って、

「これで大丈夫。殺されやしないわ」

と、ニッコリ笑って言った。

「――負けたよ」

と、洋子が笑って言った。「俺はあんたを信じるよ。――おい、竜、お前どうする？」

「うん。あんな旨いもの作る人は、いい人だと思う」

「結構ね！　じゃ、早速――」

と、大谷の母が言いかけると、

「お母様」

「あら、弓江さん。いつ来たの？」

「さっきから、お話をうかがっていました」

弓江と八田が、二人で現れる。

「いや、すばらしいなあ！」

八田が感激の様子で、「こんな話、初めて聞きましたよ」

「この人たち、自首するというから、自分たちで行かせてあげましょうよ」

「お母様のおっしゃる通りに」

と、弓江が肯く。

「全く美しい話だ」

もう一つ、声がした。――振り向いた八田が、

「部長！」

と、目を丸くする。

村岡が立っていたのである。

「村岡さん――」

「こんなこと、想像もしてなかったのでね」

村岡は、拳銃《けんじゅう》を手にしていた。「こういう物を扱い慣れていないので、用心してもらいたいね」

「じゃ、あなたが……」

弓江は肯いて、「あの守衛さんを殺したのも」

「お察しの通り」

と、村岡は言った。「金井は、制服を着て、死んでるよ」

「部長――」

「その金を、ゆうべここで山分けして逃げることになっていたんだ、金井とね。しかし、私は、二つに分ければ半分に減る、という単純な計算を忘れなかったのさ」

「でも、守衛さんは？」

「守衛を味方につけておいたのさ。私と守衛で金井を殺し、守衛に、金井の帰るところを誰かに見せたい、と騙《だま》して、金井の服を着て出て来るように言った」

「そこを待って、車で――」

「それから、金井に守衛の服を着せてね。ところが――」

と、村岡は苦々しげに、「いざ、金を取り出そうと思ったら、金井の奴、金の隠し場所をそこへ変えていたんだ」

「出すヒマがなくなったわけね」

「困ったよ。ところが、そこへこのビル荒しだ。——金は見付けてくれたし、絶好のチャンスだ」

「部長！　いけませんよ」

と、八田が言った。

「お前、俺と組むか？　それなら金も少し分けてやる」

「そんなの、いやです！」

「そうか、じゃ、みんなここで死ぬんだな」

と、村岡は言った。「この二人がやったことになるさ」

「ふざけるんじゃねえ！」

と、洋子《ひろし》が進み出た。「このおばさんにゃ、指一本触れさせねえぞ！」

銃が発射されて、洋子が腹を押えて、倒れた。

「動くな！」

と、村岡が、弓江や竜の方へ銃口を向ける。

大谷の母に、大して用心しなかったのは、まあ無理からぬことだった。

「ヤッ!」

と、一声。

大谷の母が足を振り上げると、靴が外《はず》れて飛んだ、みごとに、村岡の額に命中、

「いてっ!」

と、村岡がよろける。

弓江が頭を低くして、村岡の足へと飛びついた。バン、バン、と二度銃が鳴った。

「八田さん!　銃を!」

床に銃が落ちる。八田が、飛びかかるようにして、その銃を奪った。

弓江が、村岡の腕をねじ上げ、手錠をかけた。——ホッと息をついて、

「やった!」

「ご苦労さん」

と、大谷の母が微笑んだ。「でも、この人のけがを——」

「すぐ手配します」

弓江は駆け出した。

「おい。——しっかりしろよ」

竜が、泣きそうな顔で、洋子を抱え起す。

「こんなもんで……死ぬか」

「そう！　任せなさい」

大谷の母が、力強く言った。「血を止めなきゃね。こんなもん、かすり傷よ」

大谷の母が、応急手当をしていると、大谷を始め、警官たちが、エレベーターで上って来た。

「ママ！　大丈夫かい？」

「私は何ともないわ。この人、早く手当を」

「うん、担架《たんか》が来てる。——おい、大至急救急車だ！」

洋子が運ばれて行き、村岡と、竜が連行されて行って、大谷は、母と弓江から事情を聞いた。

「——私、すっかり感心しましたわ」

と、弓江が言った。「あの二人も、もう悪いこと、しないでしょう」

「殺人犯逮捕に協力したのよ、努ちゃん、ちゃんと口添えしてやってね」

「分かってるよ、ママ」

と、大谷は肯いた。「やれやれ、生きた心地がしなかった」

「でも、もし私に万一のことがあったら、あなたたち、ホッとしたんじゃないの？」

「とんでもない！」

と、弓江は言った。「お母様あっての私たちですわ。ねえ、警部」

「もちろんさ」

大谷と弓江がそっと互いにウインクして見せたのに、大谷の母が気付いたかどうか……。

「さ、努ちゃん！」

と、大谷の母は言ったのだった。「お昼の分も栄養をとらなきゃね。これから帰って、すきやきにしようかね」

美しすぎる犯罪

1

「ここか……」

正原《まさはら》はもう一度ドアについているナンバーを確かめた。

〈406〉。何だか不揃《ふぞろ》いな、変な文字だな、と思った。古いホテルだ、仕方ないか。

チャイムを鳴らすと、しばらく間を置いてから、

「はい」

と、女の声がした。

どうしよう?――その場になっても、まだ正原はためらっていた。

顔を見てから、

「あんたはどうも好みじゃないから」

と言って帰ってしまうのも、却《かえ》って悪いような気がする。

いや、一旦《いったん》部屋へ入ったら、何もしなくたって、金だけはちゃんと払わなきゃならないだろう。——馬鹿《ばか》らしい、と思った。

あんな奴の言うことを真《ま》に受けて。

「——本当なんですよ」

と、わざとらしく声をひそめて言ったものだ。「かけ値なしの美人！　どこを捜したって、あんな掘り出しものはありませんからね！　絶対の保証付き！」

そりゃ、会わせる前から、

「ひどいですよ」

とは言えまい。

ま、結局のところは、そんな話を信用して金を払った方が馬鹿だった、ってことになるのだ。正原も、よく分かってはいたのだったが……。

ただ、多少ムシャクシャしていたのも、事実である。女房が、法事やら何やらで、もう一カ月以上も実家へ戻ってしまっている。

えらく居心地がいいらしく、ゆうべ電話をかけて来て、

「色々用事も残ってるから、あと一週間いることにしたわ」

と来た。

亭主の方には何の「用事」もないわけか。ありがたい話さ、全く！

会社帰りで、金曜日。明日は休日の土曜日というので、確かにアルコールも少し入っていた。

しかし――酔って我を忘れた、というほどではない。確かに、金で女を買うというのは賞《ほ》められた話じゃないだろう。一国の首相でなくたってね。

しかし、話を持ちかけて来た、その口達者な奴の話では、

「相手はね、株で損して困ってるんです。ご主人に内緒でやったことなのでね。何とか、預金の減ったのが分からないくらいは、稼ぎたい、と言うんです。だから、後くされもないし、人助けですよ」

人助け！　この一言が効《き》いたのである。

そうか、人助けか。

俺《おれ》は弱きを助け、強きを助け――いや、違ったかな。ま、どうでもいい。

ともかく、その結果として、今、俺は人助けをするべく、このドアの前に立っているわけだ……。

「少し待って下さい」
と、女の声が言った。
フン、見えすいてるね。じらす手か。
散々期待させて、ひどいのが出て来たら、それこそがっかりだ。
しかし、昔から、よく正原は思ったものだ。
映画やＴＶで、ヒロインが貧しい暮しに泣いていたりすると、
「女優かモデルになりゃいいじゃないか。あんなに可愛《かわい》いんだから」
と、文句をつけたのである。
そう。──現実に、そんなことがあるわけはない。
いくら何でも──。
ドアが開いた。
「お待たせしました」
と、その女が言った。「どうぞ、お入りになって」
正原はポカンとして、その場に突っ立っていた。
女は、バスタオルを体に巻きつけて、湯上りの香りを漂わせていた。中へ入って、
振り向くと、不思議そうに、

「お入りにならないんですの？」

「いや……。入ります。失礼します」

何を言っているのか、自分でもよく分からない。正原は夢見心地で、部屋の中へ入って、ドアを閉めた。

「シャワーを浴びられます？」

と、女は訊《き》いた。

「はあ……」

「じゃ、どうぞ。ベッドへ入って、お待ちしています」

女は微笑《ほほえ》んだ。

正原は身震いした。——美女といって……。確かに、少し愁《うれ》いを含んだ、すばらしい美人である。

こんなことがあるのか？

女はベッドの毛布をめくると、バスタオルを落として、スッと毛布の中へ潜《もぐ》り込んだ。その一瞬、チラッとしなやかな体の線が目に入って、正原はカッと頭に血が上った。

どうやって服を脱ぎ、どうやってシャワーを浴び、どうやって出て来たか、後になってもさっぱり思い出せなかった。

気が付いた時は、ベッドの中で、あの女と並んで横になっていたのである。

――夢かな、これは？

正原はそう自分へ問いかけた。しかし、まさかそれが「悪夢」になろうとは、思ってもいなかったのである。


「ねえ、一体私のどこが悪いって言うのよ？　ね、教えてよ、弓江」

グズグズ泣きながら、智子《ともこ》は弓江の肩に頭をもたせかけて来た。

「分かるわ。――ね、智子、落ちついて」

「落ちついてるわよ！　これ以上、どうやって落ちつけってのよ！」

「そりゃ分かってるけど――」

「殺してやる！　亭主の首をひねって、ぶっ殺してやるわ」

智子の目は、多分にアルコールのせいもあるにせよ、半《なか》ば本気で、迫力のあるものだった。

「ねえ、智子」

と、弓江は言った。「刑事に向って、そういうことは言わないで」

「え?——あ、そうか、弓江って、刑事だったっけ」

「さっきもそう言ったわよ」

「そう?——あ、水割り、もう一杯!」

「もうだめ。いりません」

と、弓江はバーテンに手を振って、「智子、いい加減にしなきゃ」

「何がいい加減よ! いい加減なのは、うちの亭主よ!」

「分かった、分かった」

「あんた刑事でしょ! じゃ、うちの旦那《だんな》を逮捕してよ」

「どうして?」

「女と浮気して、家庭を殺したわ」

「それじゃ逮捕できないわね」

「どうして? じゃ、あんたは、いくら亭主が外に女を作ってもいい、ってわけ?」

「いいとは言ってないわ」

——香月弓江、二十四歳、警視庁捜査一課の刑事である。

正原智子とは、大学の同窓生で、結構仲が良かった。

その智子が、泣きながら電話をかけて来て、会いたいというので、帰りにこのバーで待ち合わせてみたら……というわけである。

「でもねえ、智子のご主人、そんなことしそうに見えないけど」

「ところがね、男なんてみんな同じよ」

と、智子はフンと鼻を鳴らして、「弓江は、いいわね、独身で」

「でも、話し合いの余地は？」

「ゼロ」

と、智子は即座に断言した。

「どうしても？」

「どうしても」

智子は、カウンターに両腕をのせ、そこに顎《あご》を当てて、「許せないのよ。――だって、あんまり美人なんだもん、相手が」

「その女と会ったの？」

「ううん」

「じゃ、どうして分かるの？」

「そう言ったの。うちの亭主が」

「へえ……」

「君には悪いけど、本当に美しい女なんだ、ですって！　許せる？」

「許せない気持は分かる」

と、弓江は肯《うなず》いた。

バーの電話が鳴って、

「——はい、お待ち下さい。香月さん」

「え？　私？」

「何だか、男の人ですよ」

と、バーテンが受話器を渡す。

「どうも。——はい、香月です」

「やあ」

「警部。何かあったんですか？」

弓江の上司にして、恋人でもある、大谷努警部の声だった。

「そうなんだ。せっかく友だちと会ってるっていうのにすまないね」

「そんなこと！　じゃ、ここから現場に急行します。どこですか？」

「うん。〈ホテルＳ〉のスイートルームだ」

ホテルＳといえば、都内でも指折りの高級ホテルの一つである。

「スイートですか。じゃかなり地位のある……」

「そこなんだ」

と、大谷が言った。「君、今夜友だちと会うとか言ってたね」

「ええ。でも仕事ですから──」

「いや、それはいいんだ」

と、大谷は遮《さえぎ》って、「友だちの名前、何ていった？」

「正原……智子ですけど。どうしてですか？」

「ご主人の名は分かる？」

「ええと……。ね、智子、ご主人の名前何てったっけ？」

と、弓江は訊いた。

「忘れた！」

「ねえ、真面目《まじめ》に答えて」

「和也《かずや》よ。──大体、名前からして、気に入らなかったんだ」

弓江は電話の方へ戻って、

「和也だそうです。正原和也」

「そうか」

と、大谷がため息をついた。

「どうしてですか」

「いや、スイートルームで女が殺されていてね。そばにいたのが、正原和也って男なんだよ」

——弓江は、わけの分からない様子の智子を引張って、バーを飛び出したのである。

「あなた」

と、智子が呼ぶと、ソファに座ってうなだれていた正原和也が、そろそろと顔を上げた。

そして——妻の姿を見て、目を丸くした。

「智子！　どうしてここに？」

「弓江が連れて来てくれたの。刑事の友だちよ。憶《おぼ》えてるでしょ」

「ああ……。どうも、こんな所で」

と、正原は言った。「まだ頭がクラクラする……」

「どうしたのよ、一体」

智子も、浮気に怒っていたことはコロッと忘れている。いや、当の浮気の相手が殺されたとなれば……。

「——やあ、ここだよ」

と、大谷が、スイートルームの奥の部屋から顔を出した。

「警部。被害者はやっぱり……？」

「そうらしい。ま、見ろよ」

奥は寝室だった。

幅の広いセミダブルベッドが二つ、並んでいる。その一方で、女が死んでいた。

「即死だ」

と、大谷は言った。「心臓を一発」

「銃ですか」

「うん、いい腕だ」

女は、かなり上等なスーツを着て、その胸の辺《あた》りが血で汚れている他は、まるで眠っているように見えた。

「どう思う？」

「美人ですね」

「同感だ」

と、大谷は肯いてから、少し声を低くして、「君ほどじゃないけど」

と、付け加えた。

弓江は少し頰《ほお》を染めて、

「こんな所で何をおっしゃるんですか」

と、たしなめたが、もちろん嬉《うれ》しくないわけではない。

「――この人、なのね?」

と、声がした。

智子が入って来る。正原も、まだボーッとした様子だが、ついて来ていた。

「その女だ」

と、正原は言った。「何が何だか分からないよ」

智子は、ベッドに近付いて、死体をまじまじと見つめていたが、やがて、ふっと息をついて、

「美人だわ。――フラッとしても仕方ないかもね」

相手が死んでしまって、少し寛大になれたのだろうか、智子の言葉は弓江にもよく分かった。

「さて、君の口から聞こうか」

と、大谷は言った。

「よく分かりません。ともかく……」

と、正原は頭を振って、「この女から、連絡があったんです。六時半にこの部屋へ来てくれ、と」

「この女の名前は？」

「いつも、〈久美《くみ》〉とだけ呼んでました」

「久美……。じゃ、連絡は彼女から？」

と、弓江は訊いた。

「そうです。ともかく、彼女の方は身許《みもと》を知られたくないから、と言って」

「分かりました。それで？」

「時間通りここへ来て、二人で、まずカクテルを一杯やりました。そしたら何だか急に目が回って、何が何だか分からない内に、眠り込んじまったんです」

「薬が入ってたのね」

「たぶん……。それで、やっと気が付いてみると、この通りで」

大谷が、

「今、カクテルの残りを調べさせている。二人のカクテルに両方とも薬が入っていたかどうか、もね」

と、言った。「ともかく、凶器は見当らないし、たぶん君がやったんじゃないとは思うが、一応重要参考人ということになるからね」

「良く分かってます」

と、正原はうなだれた。「智子……。出て行くかい、家を」

「分からないわ」

「もし――出て行くのなら、僕の無実が証明されてからにしてくれないか」

智子が、問いかけるように夫を見た。

「君が、人殺しの女房だ、なんて言われたら、気の毒だからね」

智子は、正原に近付いて、その腕をつかんだ。そして黙って、ギュッと握ったのである……。

なかなかいい場面だった。しかし、弓江と大谷が、のんびりとそのシーンを見物しているわけにはいかなかったのである。

「努ちゃん！」

突然、大谷努の母親が寝室を覗《のぞ》いたので、大谷は仰天《ぎょうてん》して飛び上った。

「ママ！」

「ここだって聞いてね。——あら、人殺しね？」

「ママ……。その格好は？」

と、大谷が唖然《あぜん》として、訊いた。

大谷の母は、ジョギングウエアに身を包んで、手には風呂敷《ふろしき》包みをかかえていたのである。

「トレーニングしてたのよ」

と、大谷の母は言った。

「トレーニング？」

「少しでも長生きしないと、努ちゃんが悲しむでしょ。だから、体をきたえることにしたの」

そのままだって、充分に長生きするよ、と、大谷は言いたいのを、ぐっとこらえた。

「まあ、お母様、とってもよくお似合いですわ」

と、弓江が言うと、大谷の母はニッコリ笑って、

「そう？　私、弓江さんより長生きするかもしれないわね」

と、言ったのである……。

2

「不思議だなあ」

と、大谷が首を振って言うと、

「努ちゃん。そりゃそうよ」

と、大谷の母が言った。「人の縁ってのはね、不思議なもんなの」

「え?」

「男と女、『どうしてこんな二人が?』と思うような取り合せってあるでしょ」

「いや、僕が言っているのは……。香月君、何か分かったかい?」

大谷と母親が昼食を取っているレストランへ、弓江が入って来る。大谷はホッとした。

何しろ、レストランで、大谷の母は息子に手作りの弁当を食べさせるのだ。せめて弓江が来て、食事を注文してくれないと、大谷としては、この席にいづらいのである。

「お待たせして。——あ、私はCランチを」

弓江も分かっているので、一番高いランチを注文した。

「あの久美って女のこと――」

「今のところ、行方不明の届とか、出ていないそうです。妙ですね」

「うん。――身につけてる物、どれも高級品だった。普通のサラリーマンじゃああはいかないよ」

「警官もね」

と、大谷の母が言った。「弓江さんも、他のもっとお金のある人を捜したら？」

「ママ！」

と、大谷は母親をにらんだ。

「――正原の飲んだカクテルのグラスには、確かに、薬が入っていたそうですね」

と、弓江は食事をしながら言った。

「うん。〈久美〉という女の方からは検出されなかった。しかし、薬が入ってたからといって、本当に正原が飲んだとは限らないわけだしな」

「凶器が見付からないというのが、難しいところですね」

「そうなんだ。――といって、正原は普通のサラリーマンだ。未登録の拳銃《けんじゅう》を手に入れるなんてこと、そう簡単にゃできないしな」

「死体を見付けたのは誰《だれ》なの？」

と、大谷の母が訊いた。

「ホテルのボーイだよ。ちょうど廊下を歩いていて、銃声を聞いたんだ。チャイムを鳴らしても、返事がないんで、何かあったのかと思って、フロントへ連絡して、マスターキーで部屋へ入った」

「じゃ、フロントの人を呼びに行く間に、犯人は逃げられたわけね」

と、大谷の母は言った。

「そういうことになるね」

「でもねえ……。銃声がどうして……」

と、大谷の母は首をかしげる。

「お母様、何かお考えが？」

「いいえ」

と、大谷の母は肩をすくめて、「私の考えなんて、聞いたって仕方ないわよ。何しろ、努ちゃんやあなたは専門家ですもの。私みたいな素人の考えるようなことなんて、馬鹿らしい、って笑われるわ」

「そんなことありませんわ、お母様はやっぱり人生の大先輩でいらっしゃいますもの」

「それは、私が年寄りだってこと？　早く死ね、と言いたいのね？」

「ママ、そんなこと、誰も言ってないじゃないか」

「いいえ、今の弓江さんの言い方には、明らかにそういう含みがあったわ」

と、大谷の母は言った。「どうせ私は邪魔者なのよ」

やれやれ、と大谷は弓江と顔を見合わせた。

――弓江は、少し考えて、

「でも、お母様のおっしゃりたいのは……。あんなスイートにいて、銃声がそんなに廊下まではっきり聞こえるかしらってことじゃありません？」

「そんなところね」

と、大谷の母はデザートのプリンを食べながら、「弓江さんの方がよっぽどお前よりよく分かってるよ」

「しかしね、ママ、間のドアが開いてたとすれば――」

「でも、ボーイさんがチャイムを鳴らしたというのは、よほどのことです」

と、弓江は言った。「悲鳴が聞こえたとかいうのならともかく」

「そのボーイさんに、ゆっくり話を聞いた方がいいかもしれないわね」

「そうします。ね、警部？」

「うん……。ま、そりゃ構わないけど」

と、大谷は複雑な表情だ。「ともかく、女の身許を何とか突き止めないと。バッグの中身でも、身許を調べる手がかりは全くないんだ。どう考えても妙だよ」

コーヒーになったところで、レストランのマネージャーが、電話機を手にやって来ると、

「大谷警部様。お電話が入っております」

「ああ、ありがとう。——もしもし、大谷です。——あ、課長、何か分かりましたか。——何ですって？」

大谷の顔がこわばる。

弓江と大谷の母はびっくりして、目を見交《みか》わした。

「そんな……。馬鹿な話ってありませんよ！——しかし、納得できません！——はあ、それはまあ……」

大谷は不満そうに、「分かりました。——はい、明朝一番で」

電話を終えると、大谷はコーヒーをガブ飲みして、

「もう一杯！」

やけコーヒーである。

「警部、何か？」

「うん。――突然、捜査は打ち切りってことになった」

「どうしてですか？」

弓江もびっくりした。まだ犯人の目星《めぼし》もついていないのに。

「妙なんだ。上の方から、あの件は国家の重要機密に触れる心配がある、と言って圧力をかけて来たんだ」

「重要機密？　あの久美という女が？」

「わけが分からない。ともかく、我々はあの事件から手を引く」

「でも、そんなのおかしいですよ」

「決ったことだ。今さら仕方ないよ」

――テーブルは、しばし沈黙した。

「ま、それじゃ努ちゃんも少し楽になったじゃないの」

と、大谷の母は言った。「どこかに旅行でもする？　ママと二人で」

「いいえ！」

と、弓江が強い口調で言った。

「何なの？　弓江さんが私と努ちゃんの旅行に反対する権利はないわよ」

「そのことじゃありません」

と、弓江は言った。「私には納得できません。事件の捜査打ち切りなんて」

「僕だって、面白くないよ。しかし──」

「いいえ、上の方が何とおっしゃろうと、国家の機密がどうだろうと、です。──あの人は胸を撃ち抜かれて死んだんです。きっと、きっと──私は撃たれて死んだことがないから、分かりませんけど──とても痛かったと思います。苦しくて、悔しかったと思います。そのことの方が、国家機密なんてわけの分からないものより大切だと思うんです。私、あの女の人のためにも、断じて捜査はやめません！」

一気に言い切って、弓江は息をついた。

「でもね」

と、大谷の母は言った。「あなたが命令を無視したら、努ちゃんが困ることになるのよ。分かってるでしょ？」

「よく分かっています」

弓江は立ち上ると、「私、一人でやります。決して警部にご迷惑はかけません」

そう言って、弓江は急いでレストランを出て行った。

「分からず屋ね」

と、大谷の母は言った。

「いや、彼女が正しい」

と、大谷が言った。「ママ、悪いけど――もしクビになっても、僕は後悔しないよ」

大谷も、レストランを出て行く。

「あらあら……」

と、大谷の母は呟《つぶや》いた。「頭の固いのは、誰に似たのかしら」

それでも、大谷の母は、まんざらでもない表情で、

「ちょっと！　コーヒーのおかわり」

と、声をかけたのだった。


「ここか」

と、大谷は、車を出て、アパートを見上げた。

「名前は……相沢重男《あいざわしげお》というんです」

弓江が手帳を見て言った。

「よし、行ってみよう」

夜の九時を少し回っていた。――二人は、事件の発見者のボーイを、もう一度訪ね

てみることにしたのである。

相沢重男の部屋は、二階だった。

「ここですね。でも――表札《ひょうさつ》が」

と、弓江が指さす。

なるほど、表札が外されている。部屋の中も真暗なようだった。

ドアを何度か叩《たた》いてみたが、返事がない。

「おかしいな。今日は昼の出勤ということだったけど」

「出直します？」

「うん……。しかし、ちょっと気になるな」

「じゃ、入ってみましょう」

「しかし、勝手に――」

「私がやります。警部はここで待っていて下さい」

と、弓江は言った。

「おい、香月君――」

「お母様に恨まれたくありませんもの」

と、弓江は言って、ニッコリ笑った。「見てて下さい」

弓江は頭からピンを抜くと、くねくねと折り曲げて、鍵穴《かぎあな》へ差し込んだ。大谷はびっくりして、

「いつ、そんなこと憶えたんだい？」

「警察学校じゃ、教えてくれないんですよ。いつか、ベテランの空巣《あきす》のおじいさんと会ったことがあって、その時、こつを教えてくれたんです」

「へえ」

「筋《すじ》がいい、ってほめられました」

と言って、弓江は笑った。「──ほら」

カチリ、と音がして、ドアが開いた。

「なるほど、凄《すご》いや」

二人は中へ入って、弓江が明《あか》りを点《つ》けたが……。

「何だ、これ？」

二人とも目を丸くした。──部屋の中は、家具も何も、きれいになくなって、空っぽだった。

「別の部屋じゃ……ないですよね」

と、弓江は言った。

　すると、隣の部屋のドアが開いて、

「相沢さんは引越しましたよ」

　と、そこの主婦が声をかけて来た。

「引越し？　いつのことです？」

　と、大谷が訊く。

「今日。突然でね。びっくりしましたよ」

「今日……。何時ごろです？」

「夕方ね。急にトラックが下に停って、人がワッと来て」

「何かわけを言っていましたか」

「別に。ご当人もボーッとしてたみたい」

　と、主婦が言った。

「相沢さんは一人だったんですか？」

　と、弓江が訊いた。

「ええ。一人暮し。ホテルで働いてたから、時間が普通の人と違っててね。他の人とのお付合いも、少なかったんじゃないの」

「そうですか」

「ただ、たまに女の人が来たわね」

「女の人？　どんな感じの人ですか」

「それが、相沢さんと全然ちぐはぐで。三十そこそこかしら、美人でね、とってもいい身なりをしてるの」

大谷と弓江はチラッと目を見交わした。あの殺された女だろう。

「どういう関係なのかは――」

「訊いたけど、言わなかったわ、あの人も」

「そうですか。どうも……」

と、大谷が肯く。

「あの、引越し屋さんのトラック、見ましたか？」

と、弓江が訊く。「何か文字、入ってたでしょう？　何という引越し屋さんか、憶えてますか」

「それが妙でね」

と、主婦は首を振って、「何も書いてない、真白なトラックなのよ。あんなの、見たことないわ」

――弓江と大谷は、アパートを出ると、車に戻った。

「すっきりしないな」

「そうですね。——国家機密っていうのと、何かつながりが……」

「うん、そうかもしれない」

大谷は弓江を見て、「もしそうなら、これ以上首を突っ込むと危ないぞ」

「構いません」

「クビだけじゃない。命も狙《ねら》われるかもしれない」

「警部、やめます？」

「いいや」

二人は、微笑《ほほえ》んで、それからキスした。

「——お母様から電話がないのが不思議ですわ」

と、弓江は言った。

いつも二人のラブシーンというと、決って大谷の母から電話がかかって来るのである。

「お袋の超能力も、少し鈍くなったのさ」

「まあ、そんなことおっしゃって」

と、弓江は笑って、「お母様、きっと、知ってて見て見ぬふりをして下さってるんですわ」

「そうかな。じゃ、今の内にもう一度」

二人はもう一回キスした。

エヘン、と咳払《せきばら》いの音がして、二人はびっくりした。まさか大谷の母が？

しかし、車の外に立っていたのは、さっきの隣宅の奥さんだった。

「お邪魔してごめんなさい」

「いえ、どうも失礼」

と、大谷は焦《あせ》って、「ちょっとその――プライベートタイムだったもので」

「いいですねえ。そういう刑事さんって、すてきよ」

「そうですか？」

「あのね、うちの子が、これを持ってたの」

と、その主婦がメモを出す。「相沢さんが出発する時に、うちの子に、『これ、あげるからね』って、銀行でくれるお人形の貯金箱をくれたの。その中にこれが」

大谷はメモを受け取って、広げた。

「〈もし、誰かが訪ねて来たら、私はN荘にいます〉か……。N荘って何だろう？

分かりますか」

「よく知らないけど、ここの区がやってる保養所の名前と同じね」

「区立の？」

「そう。箱根の方にあるの。区民が申し込んで安く使えるのよ。でも、どうして相沢さんがそんな所へ行くのかしら」

「N荘か……。分かりました。どうもありがとう」

「どういたしまして」

主婦は楽しげに、「続きをどうぞ」

と言って、

「うちも今夜は亭主を攻撃しよう！」

と、エイヤッと手を振り回しながら、アパートへ戻って行った。

大谷と弓江は、顔を見合わせて笑った。

「——どう思う、この〈N荘〉っていうのを？」

「たぶん、その保養所のことでしょう。メモを残した相沢さんも、それだけで分かると思ったわけですから」

「そうだな。——よし、箱根まで行ってみよう」

大谷は、少し迷って、「明日にするかい？」

「もし、相沢さんが、強引に連れ去られたんだとしたら……」

「命が危ない可能性もあるな。よし、今夜中に行こう」

「ええ」

大谷は車をスタートさせた。

「──大分かかるよ。君は眠っていなさい」

「はい」

弓江は素直に言って、シートを倒し、目を閉じた。

車内の電話も、気をつかってか（?）、おとなしく口をつぐんでいたのである……。

3

車が静かに停って、弓江は目を覚ました。

「──警部」

「着いたよ」

と、大谷は言った。「あと百メートルほどだ。ここから歩こう」

「はい」

「大丈夫かい、起きてすぐで?」

「仕事ですもの」

と、弓江は言った。「すみません。のんびり眠ってしまって。途中、交替すれば良かったのに」

「何を言ってるんだ」

と、大谷は言った。「さあ、出かけよう」

車を出ると、山中の空気は冷たくて、たとえ弓江が完全に目を覚ましていなかったとしても、アッという間に頭がすっきりしたに違いない。

「この先だ」

と、大谷は言った。

二人は歩き出した。——〈N荘〉とかかれた立て札《ふだ》が少し先に見えている。しかし、かなり山を上って来たところで、他には建物らしいものは目に入らなかった。

道から少し奥へ入ったところが、N荘の建物である。二階建の、かなり新しい建物だった。

「見ろよ」

と、大谷は、〈閉鎖中〉という札が立っているのを指さした。

「でも、車がいます。――中に明りも」

「うん。どうやら、本当に、相沢をここへ連れて来たらしいな。それも、ここへ、閉じこめてるんだろう」

「なぜでしょう?」

「さあ……。さて、どうするかな。きっと見張りの二人や三人はいるだろう」

「そうですね。まともに入って行っても、危ないかもしれません。あの女の人は、撃たれたんですから」

「いい考えがあるかい?」

「そうですね……」

と、弓江は考え込んだ。


弓江は、車を運転して、N荘の前まで乗り入れた。車を出て、N荘の玄関のドアへと歩いて行く。

「誰かいませんか!」

と、怒鳴《どな》った。「――すみません! 誰かいませんか!」

ドアをドンドンと叩く。返事はなかったが構わずに、叩き続けた。

「――何してるんだ？」

と、後ろから声をかけられて、弓江は、

「キャアッ！」

と、声を上げた。「ああ、びっくりした！」

背広にネクタイという格好の、がっしりした男が立っている。

「すみません、夜中に」

「ここは閉鎖中だよ」

「分かってるんですけど、ガソリンがなくなっちゃって……。もうほとんど空っぽなんです」

と、弓江は恥ずかしそうに言った。「ついメーターを見てなくて。それでこの前を通りかかったら、明りが見えたし……」

「困ったな。余分なガソリンなんて、用意してないぜ」

と、男は顔をしかめた。

「少しでいいんです。次のガソリンスタンドまであれば。それと……」

と、弓江は微笑んで、「何かお水でも一杯いただけたら」

「そりゃいいけどな。……一人かい？」

「そうです。友だちの所へ遊びに行って帰りなんですけど」

「ふん。――ま、こっちへ来な、裏口からしか入れないんだ」

「すみません」

と、弓江は言って、男の後をついて行った。

建物の裏手に回って、勝手口《かってぐち》から入ると、台所は明りが点《つ》いていて、もう一人、やせ型の目つきの鋭い男が、革ジャンパー姿で週刊誌を見ていた。

「あの――今晩は」

と、弓江が挨拶《あいさつ》しても、ジロッと見返すだけだ。

「そこへかけな」

と、男が椅子《いす》をすすめて、「コーヒーがある」

「わあ、助かります！」

弓江は手を打った。

「大学生かい？」

「ええ、アルバイトで、やっと車を買って」

「いい身分だな」

と、男は笑った。「――さ、飲めよ」

「はい」

弓江は、コーヒーをゆっくりと飲んで、「――ここで、何してらっしゃるんですか?」

と、訊いた。

「ま、留守番みたいなもんさ」

と、男は言った。「退屈な仕事だよ」

「そうですか。ここ、区立の保養所ってかいてありましたね」

「ああ。手直しするんで、今は閉めてるんだよ」

と、男は言った。

「――おい」

と、革ジャンパーの男が言った。「何か用ならさっさとすまして出ていけよ」

「はい。ごめんなさい」

「おい、そう怖い顔するな」

と、背広の男の方は笑って、「そんなことじゃ、もてないぜ」

「あの……」

と、弓江はちょっと落ちつかない様子で、「すみません、おトイレ、どこでしょうか？」

「ああ、この廊下の突き当りだ」

「ちょっとお借りします」

弓江は廊下へ出て、少し行くと、振り返った。——男たちは見ていない。

もし、相沢がここにいるとしたら、二階だろう。泊る部屋は二階になっているだろうから。

しかし、今、二階まで上って調べる余裕は——。

階段の下で、弓江はちょっと迷った。すると、あの背広の男が、

「分かるかい？」

と、声をかけて来た。

「はい！　すみません」

仕方ない。今はともかく——。

そのまま足を進めようとした時だった。

階段を、バタバタという音と共に、誰かが、転り落ちて来た。

目を丸くして、弓江は、後ろ手に縛られ、猿ぐつわをかまされた男が、転り落ちて来るのを見た。

台所から二人が飛び出して来る。

「——何してやがる」

と、革ジャンパーの男が舌打ちした。「逃げられると思ってんのか」

背広の男が首を振って、

「まずいものを見たな」

と、弓江に言った。「これじゃ、帰すわけにいかない」

「そうですか」

弓江は、肩から下げていたポシェットから、拳銃を出して構えた。

「何だ、お前！」

「刑事よ。両手を上げて」

「刑事？」

「妙だと思ったぜ」

と、革ジャンパーの男が言った。

「この人は相沢さんね。連れて行くわ。二人とも手を上げて！」

「なかなか気合の入ったねえちゃんだぜ、こいつ」

と、革ジャンパーの男が笑った。「消すにゃ惜しい」

「消されやしないわ」

と、弓江は言った。「さあ、二人とも手を上げて、向うを向くのよ」

「やめとけよ」

と、背広の男が言った。「あんたのためだぜ」

「大きなお世話」

と、弓江は言った。「早く向うを向いて！」

「分かったよ」

と、革ジャンパーの男は言った。「いばってられるのも今の内だぜ」

弓江は背後の廊下に、人の気配を感じて、ハッと振り向こうとした。とたんに、後頭部に強烈な一撃が来た。

アッという間に目の前が闇《やみ》に閉ざされ、弓江は気を失って、崩れるように倒れてしまったのだった……。


寒い……。

弓江は、冷たい空気に身を震わせて、気が付いた。

しかし、すぐには起き上れない。——頭がひどく痛んだ。

もちろん、すぐに思い出していた。あのN荘へ入って、誰かに頭を殴られてしまったことを……。

ここは？——ここはどこだろう？

外だった。もう夜が明けて来ている。一番気温の低い時間だ。

どうやら、林の中へ放り出されたらしい。

ゆっくりと立ち上ると、まだ頭が痛んだが、何とか歩ける。斜面を上ると、あのN荘の前の道へ出た。

N荘は？——立て札が見える。

どうしてあんな所にいたんだろう？　どこかに閉じこめられているというのなら、分かるけれど。

もちろん、閉じこめられたいわけではないが。——弓江は、N荘の方へと歩いて行った。

目の前に、N荘が見えて、弓江は立ちすくんでしまった。

確かに、N荘はそこにあった。しかし……真黒に焼けこげて、外形は残しているものの、窓は破れ、ドアは裂け、まだ黒い煙が、立ち上っている。

焼け落ちてしまったのだ。

あの相沢は？　そして大谷は……。

車はなくなっていた。大谷はどこにいるのだろう？　あの時、トランクの中に隠れていて、後からN荘の中へ忍び込んでいたと思うのだが。

まさか――まさか、この中で焼き殺されてしまったのでは……。

呆然《ぼうぜん》と突っ立っていると、後ろに車の停る音がした。

振り向くと、車から、ゆうべの背広姿の男が降りて来る。

「――やっぱりここにいたか」

と、男は言った。「一緒に来い」

弓江は動かなかった。

「大谷って奴と会わせてやる」

弓江は息をのんだ。――車の方へ歩いて行く。

「おとなしくしろよ」

「分かってるわ」

後ろの座席に、弓江は二人の男に挟まれ、目かくしをされた。

大型の外車である。静かに走り出すと、山を下って行くようだ。

消防車らしいサイレンの音がして、やがてすれ違った。

「今ごろ駆けつけて来てるぜ」

と、男は笑った。

弓江は黙っていた。——もちろん、大谷が無事なのか、訊きたい。

しかし、相手に、できる限り、弱みは見せたくなかった。どうせ分かることなのだ。

——車は、二時間ほど走っただろうか。

着いて、車から出た所も、ずいぶん静かだった。おそらく山の中だろう。

両側から腕を取られ、建物の中へ入る。

目かくしを取られたのは、どこかの部屋に入ったときだった。

少し、目がぼやけていたが、やがて、倉庫のような部屋だと分かった。

「警部!」

と、弓江は叫んだ。

大谷が、床に倒れている。——服が汚れて、少し裂けていた。気を失っているらしい。

「車ごと落ちたのさ」

と、男が言った。「お前を連れて逃げようとしてな」

私を?——じゃ、警部は、落ちる前に、私を車から突き落としたのだ。私だけでも助けようとして。

「どうやら、上司と部下ってだけじゃないようだな」

と、男は言った。「いいか。こいつはけがをしている。病院へ運んだ方がいい」

弓江は男を見た。

「――分かるな」

と、男は言った。「お前があそこで見た人間のことを忘れりゃ、こいつは助かる」

相沢は――おそらく、あの火事の中で死んだのだ。

「どうする？　早く決めないと、こいつは死ぬぜ」

と、男は言った。

「でも――その後は？」

「お前も少しは分かってるんだろ？　こいつにはお偉方《えらがた》が絡《から》んでるんだ。お前もこいつも、出世の助けにこそなれ、邪魔にゃならないぜ、口をつぐんでりゃ」

そんなことはどうでもいいのだ。でも――今は、大谷を救わなければ。

「――分かりました」

と、弓江は肩を落とした。「この人を助けて」

「いい子だ」

と、男は弓江の肩に手をかけた。「もう一つ、条件がある。個人的なやつだけどな」

弓江は、男がニヤリと笑うのを見た。

「私のことを――?」

「ああ。命が助かるんだ。一回ぐらい寝たって、罰は当らないぜ」

弓江は、息をついた。

「分かりました。言う通りにしますから、この人を、病院へ」

「よし。――おい」

と、男は他の男に肯いて見せた。

大谷が二人の男に運ばれて行くと、弓江は目を伏せて、

「どこで?」

と、訊いた。

「二階に落ちつける部屋があるぜ」

男の手が肩に回る。弓江は唇を固くかんで、歩き出した。

4

男は弓江を二階の部屋へ連れて行くと、

「さあ、そのベッドじゃ少し狭いかもしれないが、ま、それもいいだろ。却ってその方が親密になれるぜ」

と、笑った。

弓江も覚悟を決めていた。今は仕方がない。

ベッドに腰をかけると、

「自分で脱ぎますか」

と、訊いた。

「いい子だ。俺がゆっくりと脱がせてやる。横になれよ」

弓江はベッドに横たわった。——大谷のためだ。目を閉じて、これからのしばらくの時間を、堪えようと思った。

男が上衣を脱いで、ベッドに上って来ると、

「こういう、気の強そうな女が好みなんだよ俺は……」

と、ささやきながら、弓江の上にのしかかって来た。

するとーードアが開いた。

「ーーおい、誰だ？」

と、男は起き上って、「何だよ、ばあさん？」

「ばあさんとは何よ！」

その声に、弓江はパッと目を開けた。ーー大谷の母が、ジョギングウエア姿で、立っているのだ！

「こう見えても、まだ若いのよ」

と、大谷の母はツカツカとやって来ると、ゴーン、といういい音がした。

どこから持って来たのか、フライパンは、へこんでしまい、男は目をむいて、気を失ってしまったのだった。

「お母様！」

「弓江さん」

と、大谷の母はいかめしい顔で、「あなたも努のことが好きなら、たとえ何があっても他の男に肌を許してはなりません！」

「あのーー警部がーー」

「今、パトカーで病院へ向っています」

「——良かった！」

弓江は体中で息をつくと、涙が出て来た。

大谷の母は、弓江の肩に手をかけて、

「努ちゃんがね、N荘へ忍び込む前に、車の電話で、一時間たって、もう一度電話がかからなかったら、警察へ知らせてくれ、と言って来たの。——どう？　あの電話も役に立つことがあるでしょ」

「はい！」

と、弓江は微笑んで、涙を拭《ぬぐ》うと、「今度から、レーダーをつけて、お母様に見ていただきますわ」

「とんでもないわ。私はね、結構忙しいの。さ、行きましょう」

弓江は、のびている男を見下ろして、

「こいつを引張って行かなきゃ」

と、指をポキポキ鳴らした。「悲鳴を上げさせてやる！」

「まあ怖い」

大谷の母は目を丸くして、「私にもやらせて」

と、言った……。

Pホテルの、かなり広い宴会場は、大変な熱気だった。

カメラマン、記者、TVカメラも十台近く入って、外国の特派員の顔も見られた。

正面に金びょうぶ、その前に、白い布をかけたテーブルと、ズラリ並んだマイクが、今、主役の登場を待っていた。

まあ、騒がれるのも当然だろう。

次の首相、と目されている大物政治家、浜口義孝《はまぐちよしたか》が、五十代後半にして、再婚することになり、その婚約発表なのである。

もちろん、スターの婚約に比べると、当人たちに華やかさは欠けるかもしれないが、ニュースバリューはずっと大きい。

「――お待たせしました！」

浜口の秘書が、汗を拭《ふ》きながら現れる。「浜口先生がおみえです」

ドアが開いて、かっぷくのいい浜口が、中年の、少し地味な感じの女をつれて現れた。一斉にフラッシュが光り、シャッター音が雨のように降り注ぐ。

「ちょっと――お待ちを！」

と、秘書が大声で、「カメラは後で！　後でお願いします！」

しかし、当の二人が席につくと、しばらくはカメラの音がひときわひどくなった。

諦《あきら》めて、浜口も、とられるに任せている。——女の方は、少し照れたように、顔を伏せ気味にしていた。

やっと落ちついて、記者の方から、婚約のいきさつについて、質問が出た。

「そりゃね、君、人の恋の話だ。聞いたってつまらんだろう」

と、浜口は笑う。

「いや、ぜひうかがいたいですね！」

「そうか？——まあ、不思議な縁というか」

と、浜口は女の方を見て、「実は、この昭子は夫のある身だったんだ。しかし、ちょっとした偶然から私と知り合って……。まあ、互いに一目惚《ほ》れってわけさ。この年齢になって、少し照れくさいが」

「じゃ、ご主人と離婚を？」

「はい」

と、昭子が肯く。「円満に別れました。これからは、この人について行きたいと思っております」

浜口が肯いて、

「ま、そういうことさ」

と、言った。

またひとしきり、カメラのシャッターが切られ、それから記者の質問は、浜口の政界での動向に移った……。

――約三十分で記者会見は終り、浜口は、昭子の腕を取って、エスコートして見せながら、控室へと消えた。

見送る報道陣は、拍手で二人を送り出した……。

「――やれやれ、すんだか」

と、浜口は、控室へ戻って、息をついた。「疲れたか?」

「ええ、汗びっしょり」

と、昭子は頰を真赤にしながら言った。

「そうだろう。ま、こんなことは一度だけだよ」

「そうですね。でも、夢みたいですわ」

と、昭子は言った。「これからどうなさるんですか?」

「ああ、事務所へ行かんとな、お前はこのホテルに部屋が取ってあるから、そこで待ってくれ」

「おいでになれます？」

「行くとも。夜食をのんびり二人で食べよう。お前のことも食べてやる」

「まあ」

と、昭子は真赤になった。

「先生、お時間が」

と、秘書が言った。

「うん。――行こう」

浜口が秘書と二人で、控室を出ようとドアを開けると……。

「何だ、君たちは？」

「失礼します」

と、大谷は言った。「浜口義孝さんですね？」

「それがどうした？」

「逮捕状が出ています。ご同行願います」

――昭子が、啞然として、手にしたバッグを取り落とした。

「じゃ、人違い？」

と、正原は思わず訊き返した。

「その通り」

と、大谷は肯いた。「君が会った久美という女は、政治上の駆け引きのために、えさとして与えられる女だった。とびきりの美人で、しかも服もバッグも高級。その代り、決して身許は明かさない女だったんだ」

「どうりで……。美人すぎると思った」

「何を感心してるのよ」

智子につねられて、正原は飛び上った。

――喫茶店で、大谷と弓江、そして正原夫婦が話している。外は上天気で明るい午後だった。

「あの昭子という女が、本当は君が会うはずだった、株で損をした人妻だったのさ」

「じゃ、たまたま、あのホテルに二人の女がいたんですか」

「そう。久美も、相手が誰か知らされていない。ともかくあの部屋へやって来た男と寝れば、それで良かったわけだ」

「でも……どうしてそんな間違いが？」

「君の聞いた部屋の番号は？」

「ええと……〈406〉だったと思います」

「古いホテルでね」

と、弓江が言った。「〈409〉の〈9〉の文字が、上のネジが外れて、クルッと引っくり返って〈6〉になっていたのよ」

「じゃあ、……僕が入ったのは〈409〉？　そうか……。不揃いな字だと思ったんだ」

「あわてものなんだから」

と、智子が言った。「でも、どうしてあの女の人は殺されたの？」

「浜口の方が本当は久美に会うはずだった」

と、大谷は言った。「ところが浜口が会ったのは、あの平凡な人妻の昭子。――そこが妙な話で、却って、浜口は昭子の平凡なところに惚れてしまったんだ」

「そして久美さんの方は、正原さんが人違いと分かっても、本当に好きになってしまって、この仕事から、足を洗おうとしていたのよ」

「じゃ、色んな秘密を知っているから……」

「そう。――やめたいと言うのを止められて、彼女は、何もかもしゃべってやる、と言ったのね。本気じゃなかったでしょうけど、それが命取りになったんだわ」

弓江は首を振って、「ご主人の借金を返すために、彼女は仕方なく、あの仕事をしていたのよ」

「夫がいたんですか」

「そう。ボーイの相沢さん」

「まあ」

と、智子は唖然として、「その人、殺されたんでしょ?」

「N荘でね。——浜口の命令で、久美さんも、夫の相沢さんも、口をふさがれてしまったのよ」

「ひどい……」

と、智子は息をついて、「あなたが、あんなことしなければ」

「すまん」

と、正原はうなだれた。

「でも、久美さんは久美さんで、後悔はしていなかったと思うわ」

と、弓江は言った。「今は、浜口にきちんと罪を償《つぐな》わせるのが、一番の供養《くよう》だわ。正原さんにも証言してもらうことになるけど、いいですね?」

「もちろんよ」

と、智子が答えて、「分かったわね」

と、夫をにらむ。

「何でもするよ!」

正原は、何度も肯いた……。

——正原たちが帰って行き、大谷は、

「心配かけて悪かったなあ、君には」

と、弓江に言った。

「愛する人のことを心配しても当然でしょ?」

「そうだね」

大谷は、腕をさすって、「このけがが治ったら、ドライブでも行くか」

「箱根以外にしましょうね。それから——」

「何だい?」

「お母様も、一緒に」

「お袋を?」

そう言ったとたん、

「努ちゃん！」

と、声が飛んで来た。「こんな所に隠れてたのね！」

「別に隠れてないじゃないか、ママ」

と、大谷は顔をしかめた。

ジョギングウエアの大谷の母は、テーブルに包みを置くと、

「さ、三時のおやつよ」

と言った。「手作りのケーキ！　弓江さんの分もあるわ」

「お母様の味ですね」

「そうね、でも——」

と、大谷の母は微笑んで、「弓江さんの分はね、そこのケーキ屋さんで買って来たのよ。——ちょっと！　私にミルクティー！」

弓江は大谷にちょっとウインクして見せると、

「ごちそうさまです」

と、言ったのだった……。

本書は1992年6月徳間文庫として刊行されたものの新装版です。なお、本作品はフィクションであり実在の個人・団体などとは一切関係がありません。

徳間文庫

マザコン刑事《けいじ》の逮捕状《たいほじょう》

〈新装版〉

2014年11月15日 初刷

著者 赤《あか》川《がわ》次《じ》郎《ろう》

発行者 平野健一

発行所 東京都港区芝大門二―二―二 〒105―8055
株式会社徳間書店

電話 編集〇三(五四〇三)四三四九
販売〇四八(四五一)五九六〇

振替 〇〇一四〇―〇―四四三九二

印刷 図書印刷株式会社

製本 東京美術紙工協業組合

ISBN978-4-19-893905-2 (乱丁、落丁本はお取りかえいたします)

徳間文庫の好評既刊

赤川次郎

夫は泥棒、妻は刑事16

泥棒に追い風

突然失業した。出来心で泥棒に入った有田はその家の老人に見つかってしまう。ところが、老人が百万円くれた！　翌日、老人が「強盗殺人」の被害者としてニュースに——。葬儀へ出かけたお人好しの有田はH興業の社長で老人の娘さつきの秘書として雇われる。

赤川次郎

夫は泥棒、妻は刑事17

泥棒桟敷の人々

清六と四郎は四十年以上芸人を続けているが勢いを失い客も入らない。そんな二人に奇跡が！　舞台に乱入した男を清六が鮮やかに倒し、一躍時の人に。淳一は「相手を殺すための技」と見抜く。清六を探ると謎の殺し屋組織に狙われていることがわかり……。